# 写真の秘密

## 〜夢の中のあの人〜

倉田周平
*Shuhei Kurata*

Parade Books

目次

# 序　章／華の東京、成和館学園

華の東京はその西部、近郊に位置する成和館学園大学は、恐らく誰だって例外なく聞き及んだことのある、私学の長い歴史を持つ有名著名な総合大学である。成和館（セイワカン）という名称自体にはすでに塾だとか学校だとか学び舎だとか、何処かしら堅いイメージがぞろプンプンと漂っている。そしてそんな成和館の周辺を紐解いていけば、古くはイニシエ明治維新からだって、時を経ることなくすぐに学生を募り出していたようで、絶え間なく地道に庶民の勉学の礎を築いて来たという、マジに真面目な由緒歴史のある教育学舎として、ずずずいっと今日まで発展展開し続けている訳であって…。

まあそんな歴史話のヒストリアはともかくとしてさて置いておき、名門成和館学園もさらに一層近代化の波に乗り乗りで前に進んで行かなければ、やはりその周辺はつまるところ結局、教育ビジネスという社会分野の厳しくハードな競技場コロシアムであるからして、油断をすれば実にあっさりサッササッサと他の私学に取って代わられてしまう。だからして学園側も思い切っての大奮発。校舎は全て見栄え格好の良い豪華建造物へとドーンと変身し、付属の中学校高等学校は六ヵ年一貫教育で余程のことがない限り、面接のみで大学へとエスカレーター進学出来るようになった。つまるところいわゆる結局、内部優先進学だ。それと同時に陸上競技用グラウンドを多摩地区の南部へと思い切って移転させて、充分な敷地面積が確保出来た。さらにその上医学部設置に伴ない整備された総合病院だって、「地域ホスピタル」とか言って最近では関東地区数ヵ所に分散併設もなされており、充分に存分にそれら地域の医療行政に貢献している。おっ、成和館、やるねえ、すごいねえ、というイメージ感覚がだいぶ世間一般に流布浸透して来たところなのである。

整備された美しいキャンパスを縦横無尽に行き来する、多数の若くて明るい学生達。その勢いが心地よく周辺の空気を震わせ躍らせる。彼等はそれぞれ各々めいめいの目的計画に従って、授業を講義室で受ける者、実験レポートを完成させようと張り切る者、学食でスマホを見ながら食事する者、クラブ活動に勤《いそ》しもうと同好会部室に急ぐ者等々、自分の時間を有効に活用謳歌しようと目的の場所へといそいそと歩を進めている…。学生達の風が弛《たゆ》まなく吹き続けているのである。

勿論、キャンパス内のベンチで寛《くつろ》ぐ学生も時間帯に関わらず、多々多数視界に入って来る。

それはここ成和館学園のキャンパスが、適度に四季の植物や、ほぼほぼ学内中央に位置する「成和館憩の池」の魚類や鳥類達に彩られ飾られ、その親しみの持てる自然の風景画の中に彼等学生個々が一員として溶け込むことに、いささかも抵抗を感じることが無いからである。抵抗どころか心地良ささえもが大きく打ち勝って、最近では昼間のランチタイム後半の十四時からは一般にも開放されている「成和館学生食堂」が、文字通りの大盛況となっている。温かい親しみが自然に備わり漂っているのだ。そしてテイクアウト「成和館お弁当セット」なども和洋二種類用意されており、カロリー面健康面に工夫を凝らしたメニュー品目によって、池の周囲に巡らせたベンチを占有する一般老若男女も増えて来ている。明るく健康的な、名門成和館学園…。傍《はた》で不服文句の旗を掲げる隙など寸分たりとも無いように、ちょっと見にはそんな感じがするのではあるが…。

実を言うと「成和館憩の池」で釣り堀みたいにカレーパンやサンドイッチを餌に錦鯉を釣り上げて、始末書を書かされた学生がいたり、木登りして枝が折れて池に落ちたなんていう輩がいたり、未公認で池の水を全部抜くテレビ番組に応募したヤツがいたり、学内の前庭ベンチでモグリの個別指導塾「青空成和館指導教室・年度末集中講座」を密かに開いていた就職浪人学生がいたり、その「生徒」の父兄が大学教職員室に礼を言いに来たとか、とんでもない事件も散見されはするキャンパス、成和館学園なのではある。実際本当のところは…。

# 写真の秘密

～夢の中のあの人～

倉田周平

第一章／

# 名目上の同好会合宿

　そんな成和館学園大学の、キャンパスへの正門入り口脇にある多目的運動場のそばには、総合図書館と噴水等が並ぶ立体的なコントラストが印象的な公園風の中庭がある。つまり正面から入ると視線のすぐ先に、中庭と多目的グラウンドが一望出来ることになる。要するに、その多目的グラウンドがまさに成和館学園の顔になっているのだ。そこでは学生課体育会系の運動部員と同好会系の運動部員が敷地をほぼ三対一程度の割合で占有して、それぞれのジャンルで熱心に練習が展開されている、という構図だ。陸上競技関連と硬式野球練習場が多摩南地区に移ったので、同好会系にもだいぶ、こちらの本部多目的グラウンドの利用許可が下り易くなって来たのである。

　部活動と同好会活動が実に伸び伸びとしていて明るい。それが成和館学園の売りでもある。ここでも学生の風が心地良くそよいでいる。しかしこの点で但し書きなのではあるが、学生課体育会系部活動と単なる同好会系とでは、大学からの補助金額面ではかなり異なるようではある。体育会系部活動にはやはりそれなりに結果も求められるのだろう。成和館学園の広告塔としての役割も、もしかしたら暗に求められているのかも知れない。

それら大学の表の顔、中庭のベンチや芝生では、「成和館憩の池」の周辺と同様に学生達が座って様々なダベりで時を費やしている。緩やかな時の流れ…。細かく刻まれて進み行く陽の影の歩み…。学生の毎日は、いわば日時計日記なのである。

と、そんな中を、やや目立っているわなあと、ハイテンポな足並みがススイッと通り過ぎて行った…。ついついアナログ時計の秒針を連想してしまう。文学部の校舎に向かって歩いて行くパンツスーツ姿の女子学生、黄川田夏美が目的の校舎へと一目散に歩を進めていた。様子から察すると、午後一番の講義までにはあまり時間の余裕が無いのかも知れない。

黄川田夏美は文学部芸術学科の二回生である。舞台を中心にした脚本や構成演出等の成り立ちや歴史を学びたいと思い願い、成和館学園大学の文学部に外部の私立高校から入学したのであるが、始めの一年間は、ほぼほぼ一般教養科目一本の単色刷り。高校時代の延長みたいな講義が殆どを占めていて、特に舞台演出等の成り立ちあたりの内容は、自分で図書館にでもこもって黙々と学ばなくては全くもって深掘り出来ぬような状況有様だった。アルバイトもこなし自主勉強もして、その上一般教養科目の定期試験は成績が良くなければ、自動的に単位を落して回転落下傘となってしまう。最悪の場合留年の憂き目にあってしまうのである。時々同級生だが五才年上なんていうヒトもいる。隣の教育学部には女優をやりながらの七年生がいるらしい。別に悪いことではないが、確かダブリは合計八年までだと聞いている。その他、教授と間違えられる髭ヅラの同級生もいる。すれ違う学生から間違った見当違いの挨拶を受けても、もっともらしくその場にそぐう会釈を返す、まさにヒゲ男爵みたいな恰幅の良いオジサン級である。

まあそれはともかくとして、とにかくそんな毎日毎日が忙しくて悶々きゅうきゅうとしていた一年間が終わり、二年目の始まり始まり、である。殆ど同じペースで、黄川田夏美が講義後のアルバイト前に学部図書館に足を運んでいた際に知り合ったのが、何故か同級生ではなく一級上の広田利恵であった。その時は二人ともに同じようなニットベストにトップスとワイドパンツ姿だったので、同系カラーだね偶然、とか話しかけられて親近感が増したのだ。恐らく年齢は普通の平均的な常識的な、回り道していない、化粧でゴマカシてもいない、「ダモハレンランケル」も使っていない、一級上の先輩だ。少しばかり女優の島口桃子に雰囲気が似ている。広田利恵は「小演劇同好会」を作る話があってそれを立ち上げようとしている最中なのだと、その時には話していた。そういう状況下にあったので、面識のない夏美にも積極的に話しかけて来たのだろう。

因みに成和館学園には演劇部があるのだが、巷の噂では入部すること自体が難しいらしい。役者で人気の斎藤高志とか倉脇道文、小田芽衣子や村井茂代等が所属していたようだ。大学学生課公認の学生部活動の中では、演劇部と言えば合唱部と並んで成和館学園では名門中の名門なのだそうだ。一説によれば入部試験をちゃんとやるらしい。そして広田利恵にはどうやらではあるのだが就活の一環、会社訪問で何らかのクラブ活動をしていないと面接時に間が持たないという不遜な目的理由もあるようだ。演劇は好きなのだが学生課公認の演劇部の方ではお呼びでなかったから、自分で演劇同好会を立ち上げる気になったのかも知れない。

一方黄川田夏美には、同級生にノートを貸し借りする友人が確かに数人いはしたものの、定期試験を中心にした高校生活と全く変わらぬ色模様を連想してしまい、それで夏美はある意味物足りなく感じていた。個性的な色が無く味気も感じられなかった。噛んだ砂がジャジャリ残って呑み込めず消化出来ず心地が悪かった。確かに気のいい茶飲み友達ばかりではあるのだが、そう…、何と言えばいいのか、とにかく時間を埋めて過ごせばいいや的な日々の暮らし方が、夏美にとってはやや退屈であった。吹いて去って行く風が勿体ないなと感じていた。そしてこの時点で、利恵と夏美の利害関係が、うまくかみ合った相互ウィンウィンの形として出来上がったのである。何しろ広田利恵は自分よりも一年先の現実を、同じ成和館学園大学の中で前に歩いて進んでいる、身近な一つの見本なのであるから…。

＊＊

色が感じられない。長尺のプラスチックのベンチが幾つか殺風景に並んでいる。何故か視界が白黒写真のように単調である。ベンチどいってもテーブルを囲んで、という様な何らかの目的がありそうな有機的な配置具合ではなく、ただ単に場所が空いているから置いておこうかという、まさに投げやりに設置されているとでも言うべき、同じ向きの二掛ける五本の無味乾燥のベンチ群だ。黄川田夏美はその一番後列に座った。疲れたとか暑いとか苦しかったとか、そういう生活で捉まえられる普通の感覚が何故か全く見い出せなかった。気分的にも無色と言ってよかった。

しばらくすると横に知らない女性が近づいて来て、やっぱり夏美と同様に腰を下ろした。だが見た目学生ではないと思う。多分アラサー後半には掛かっている位のきちんとしたスーツ姿の美人だ。でも表情は崩すことなく険しい。斜め後ろには距離を置いて白黒写真の中に大きな、何故かそこだけ薄い若草色をした大きな建物がある。恐らく女性はそこから出て来たのだろう。そして、沢山ベンチがあるのだから何もすぐ隣じゃなくてもいいのに…。黄川田夏美は二メートルばかり右側、夏美と同じベンチに腰掛けたその女性が少し気になった。

というか大いに気になった。他には誰もいない。やや少々気持ちがむずがゆかった…。落ち着かない。だから一応、夏美はそれを解消しようと軽く会釈してみた。すると女性は、そんな夏美の所作に応じる訳でもなくまるで気づいてもいないかのように、読みかけていたらしい自分の膝の上に取り出した文庫本。その文庫本に差していた紙しおりの望外の力でスッと軽くページをめくり開くと、その開いたページに眼を落とし始めた。何よ無視なの、と夏美は思いながらも、自分は自分でスマホを取り出してそこに眼を落とした。

少しばかり時が流れたのだと思う。突然隣の女性が身体の上半身を夏美の方向に倒した。バタッという有気音を伴う倒れ方ではなく、ベンチの上でゆるゆると沈み込んでいくような、ゆっくりと横になる無音の倒れ方だった。疲れたから少し眠ろうと横になったのかなと、夏美は手元の自分のスマホから眼を切ってその女性の方を見つめた。しかし、怖そうな堅そうな眉間にしわを寄せて崩さぬその表情を、維持してそのまま変えることなく、その女性は目を閉じて固まっていた。夏美は慌てた。疲れて横になっている訳でもなさそうだった。自らの腰をベンチの上ですり寄らせて、その女性に頭の方から近づき肩を揺さぶった。しかし何ら応答もなく、息遣いとか他に考えられるようなヒトとしての反応も見受けられない。ただただ確認出来たことが一つだけ。女性は、動いてはいなかった…。

夏美は普段の心持ちを取り戻せばいいのにヤケに慌てふためいて、横になって固まっているその女性を何故か元通りに九十度起こしてきちんと座らせてから、持ち物であろう女性の大き目の少々硬いトートバッグ様のカバンを身体の左脇に置いて支えにした。そして自分はすっくと立ち上がり、急いで後ろに見える薄い若草色の建物を目指した。それ以外の周囲の景色はどんなに自分の焦りが増してもやはり単色、白黒画像のままである。女性の濃い目のバッグの色さえも思い出せない。無情にもすべてが冷ややかで生きていない。そんな中を夏美は、自分の持つ能力だけでは到底処理出来ぬ不可解な事件が今まさに起きつつあるのだということを、早く他の人に説明して知って貰いたかった。

薄い若草色の建物に入り二階に向かって階段を上がると、事務室があった。黄川田夏美は入るとすぐに、その広い事務室の中で仕事している人を捕まえて状況を話した。大学というよりも病院の事務室みたいな雰囲気である。それは、そこにいる人達が皆共通して事務室なのに白衣を着用していたからだと思う。

「隣に座っている女の人が動かないんです」とか、そんなことを叫んだような気がする。横でコピー機が無人で動いており、ペーパーを機械的に吐き出している。そして夏美はその事務室にいた人何人かを伴って、外のベンチ群に急いで戻った。気が気ではなかった。ベンチの場所からすぐに携帯で救急車を呼ぶという手立てもあったのに、と後悔していた。

建物から外に出るとベンチ群が二十メートル位の遠目に見えた。そして程なくしてすぐに急ぎ走る夏美の歩調が弱まった。十脚並んでいる目先のベンチのシマにはすでに誰も座ってはいなかった。人の気配は皆無だった。温度を感じなかった。周囲の視界はやっぱり白黒画像のままである。そんな中、何度瞬《まばた》きして見直しても、夏美がきちんと座らせた筈《はず》の先程の女性の姿かたちは、やはり微塵も残ってはいなかった…。そして一緒に小走りで急行して来た筈の白衣の人達も、何時の間にか消えていなくなっていた…。

＊＊

いつものようにキャンパス内を講義室へと歩を急ぐ黄川田夏美に、背後から追いついて声掛けして来た二人。西山守と、先の「図書館相互ウィンウィン関係」の話に出て来た先輩、島口桃子似の広田利恵。その二人だった。西山守は広田利恵の同級生、つまり新三回生である。どちらかと言えばチャランポランのチャラ男さんで、授業ノートなどを広田利恵から頻繁に借りては落第をギリギリ免れているような間柄であるらしい。エッチャンロンチャンのエッチャンの方に容貌が少々似ている。

「どうしたんだよ夏美。せっせかせっせか、まるで競歩みたいにポコポコ歩いちゃってさあ。体育会系陸上部への入部を狙ってたりしてな」

新設「成和館小演劇同好会」での先輩とは言っても、西山守のなれなれしさにはいささか閉口である。はっきり言って困惑するシーンに少なからず遭遇していた。確かに、黄川田さん、黄川田夏美さん、などと呼び止められると堅苦しいことこの上ないものの、でも名前の呼び捨て状態までにはまだ少し親しさが至ってはいないよね、まだ二カ月ほどしか知り合っていないのにぃ、と心の内ではやや強めに言い張っていた。本当は掌で、なれなれしい言葉の数々を反射させてそのままそっくり返したかった。

「あの…、どうしたんだよって言われても、別にぃ、ですよ。こうやって一人でせっせせっせと歩いているのって私、とっても好きだしリフレッシュ出来るし…。その上適度なダイエットにもなるんですよ」

ただ時々息が上がるのは本当の話で、それを自覚していた夏美は自主トレーニングのつもりで、いつも速足だった。それをやらないとナマッてしまうような感覚を、いつも身体に持ち歩いていた。それに早歩きすると教室にもその分早く着けるし好きな座席を取れるし、何にも増して予習をサボった日にはその講義時間前に結構補うことが出来るのだ。

「ダイエットなら使用前使用後の『リーザッポトレーニング』にでも通った方が、効果的なんじゃやね？『リーザッポ』のモデルになるとさ、入会金とか料金が安くなるらしいぜ」

そんなにダイエットを強化するほど私はタンクじゃないわよと、夏美は心の中で言い張っていた。少し運動不足がかさんで身体が重くなって、ちょっと疲れやすくなっているのかしらと感じるような時には、どちらかと言えばよく食してその分運動しなくっちゃと、ランクアップの早足を取り入れたりしている。それが黄川田夏美流の健康維持法なのだ。

「あのねえ、何が、何が、『リーザッポトレーニング』ですか。そんなトレーニングセンターに通うほどの余裕はありませんよぉだ、時間的にもお金的にも」

その日は本当に、講義前に時間の余裕を作って落ち着いて充分に息を整える…。それで早めに教室に辿り着きたかっただけなのである。

「夏美ったらそんなことを言っちゃってさあ、誰かにマンマとスッポカされたからイライラしちゃって、せっかせっかせっかせかなんじゃあないのかい？」

いつもの聞き慣れた広田利恵の突っ込み台詞にそれほど大幅な抵抗を感じなくなって来ている自分が、少し情けなく思えて来た。皮肉ぐらいは言い返してもいいのに…。知り合って初めの頃は結構真剣にイカっていたと思う。

「いやぁね。ストレートに表現しちゃって、利恵先輩」

そう言って夏美は、ゲンコツ印を頭の上に空いている方の左手で振りかざした。腹が立っていてもそんな演技を入れると自然に感情が収まった。所謂《いわゆる》小芝居だ。頭の中だけで考えるよりも大抵は鎮《しず》まりが良かった。心の中でもジグゾーパズルみたいに怒りのシマと冷静さのシマが干渉し合って、きっちりと収まりがうまくついていた。

「でもさ、ズボシだったりして夏美ちゃぁん」

「顔にさあ、モロにアタリって書いてあるぜ」

「夏美、誰？　ラグビー同好会のイダテンとか軟式野球のコタニ？」

「ああ、あのイダテンさあ、俺偶然見ちゃってな。この前練習中にタックルを受けてユニフォームがモロ脱げしちゃってさ、モザイク必要なパンツイッチョ」

そんな情報についつい反応してしまい…。

「ホントに？　…じゃなかった。もう…、知らない、そんなの…」

ちょっといささか赤面していたのかも知れない。

「利恵先輩も西山先輩も、買い出しとか台本の直しとかその他モロモロ。もうやってあげないからね」

「そうかよ。夏美はイダテンが気になるのかよ。なるほどねえ。あんなのがねえ」

半分程度は冗談で受け応えして聞き流ししてはいたものの残りの半分は真に受けて、もう少し後輩を大事に扱えよ、と心の中では叫んでいた。

「イダテンなんて知りませんよ。あんな普通の体操服で、ラグビースクラムを組むようなヒト」

「知っているじゃないか、ちゃあんと」

夏美は慌てて口を押えた。普通なら選手は練習でもジャージのユニフォームを着るのに、夏美がチラ見した時には中学生みたいな白い体操ズボンで参加していたので、それが夏美の脳裏に割合深く残っていたのだった。本名は別にあるらしい。どうもガタイが良い割には素早く走るので、「イダテン」というニックネームが付いているらしい。コメディアンのザクヤマに少し似ている容貌だ。

「昨日の晩はモロに変な夢を見ちゃって、寝起きがチョー悪かっただけですよぉだ。だから気分転換にセッセセッセと早足だったの」

「ねえねえ、夏美の見る夢ってどんなドリーム？」

どうしたって話が長くなりそうだった。だから…。

「あんまりちゃんと覚えていないんですよ。夢って大抵そうでしょ？　でも何て言うのかなあ、何処か何かしら心にかすっていてフレームだけはボンヤリと残っているっていう、そんな感じかなぁ」

ホントにぼやけていて、はっきりとは思い出せなかった。

「聞きたい聞きたい。ねえねえ思い出して、夏美」

「もうネタはアガっているんだ。いい加減に吐いたらどうなんだ」

そんな刑事役の口調で守がふざけた。演技をカジッているヒトはこれだから困ってしまう。

「この際全部喋って楽になろうよ、夏美」

そんな風に利恵まで調子に乗って来たので、夏美も手仕種というか小芝居というのか、それでささやかにではあるがスマートに対抗しようと…。

夏美は、自分の腕時計をチラと何度か見眺めることで、夢の話を留めることにまんまと成功した。もうあんまり時間がないのよという夏美のデモンストレーションに騙され、利恵はさすがに深追いしては来なかった。その時の咄嗟の試みで役者でもないのに、夏美は以後の「演技」にだいぶ自信がついた。一方それとは別にして、利恵はこういう時に夏美に対しては少しばかり気を使ってくれる人なのである。そもそも出来たばかりの「小演劇同好会」だからして、ここにいる三人以外はというと、今年勧誘して何とか繋ぎとめられそうな一回生が三人いるだけ。だからして実質的な事務というのか雑務というのか要するに運営上の細かな仕事は、殆どが夏美の双肩にグググッとのしかかっているのである。勉学の舞台なのに、忙しい会社みたいな単色の空気が流れ込んで来そうだった。だからしてそれを、利恵は斟酌して忖度して夏美を重んじてくれているのだ。それに引き換え…。

「そんなにふくれるなよナヨなって」

夏美が夢の話に消極的だった様子が、守には、夏美がふくれて見えていたのかも知れない。

「それより夏美さあ、今度俺達と旅行に行かないかなカナかな」

守はやっぱり夏美の前でふざけて見せた。それが照れを隠す一つの手段なのかも知れない。

実は合宿と称して、夏冬の休み期間には信州や北陸東北等、二泊三日位で比較的近場の民宿めぐりをしようよと、一応先日この同好会の年間行事の方針に決めたばかりだった。そしてゴールデンウィークとか三連休は、何かやるとしても関東近県日帰り名所めぐり位が精一杯だよねと、ミーティングで話し合ったばかりであった。

「旅行って、ミーティングで決めた通り、やっぱり日帰りですか？」

「ううん、ノーノー。会則では日帰りに決めたけどな。せっかくの長いゴールデンウィークが迫っているんだからさ。行ってみようよ三人で、一泊二日」

「一回生にはこれから連絡するんですか？」

まとめ役としての夏美は当然のことのように、そう尋ねた。

「ノーノー、却下、却下。そんなに大がかりじゃなくってさ。それにヤツらはまだ定着するか解らないからな。飲み会位でしばらくは様子見だな」

「要するに自分がお遊びしたいのよ、西山は」

夏美は、ハハーン、と頷いた。

「それに利恵と二人だけのクラブ活動名目、それも泊りの旅行なんてちょっとばかりマズいんじゃね？」

「なるほどなるほど。それじゃあ、プライベートな遊び旅行を無理矢理クラブ活動に結びつけようと…。それで私までをもそんな遊び旅行に巻き込みたい、という…」

モロに読めてしまった。でも何故かその時の夏美には、そんなに興ざめでもなかった。

「非公式、非公式。だけれども形式上はちゃんとした同好会活動でっせ」

なぁんだ政治家みたい、と夏美は心の中で緩くホザイた。

「同好会活動って…。いえいえ、先輩。やっぱりそれはモロに遊び旅行ですよ」

何と言うのか、学生課に一応大まかな予定報告書を提出する必要はあるけれども、襟にアイロン掛けしたヨソ行きじゃなくてもいいラフな装い姿オッケー、とでも言うのか…。夏美の心持ちがだいぶ緊張から放たれ気抜けして来た。何処かの野球チームの応援席のジェット風船みたいに、シュルシュルシュルシュルっと…。

「遊び旅行って夏美はそれを言う…。そこまで言う…。そう言っちゃあ身も蓋もないわなあ。ちゃんとした同好会活動ですよ、同好会活動」

「なるほどねえ。同好会活動にすれば一応学生課から活動支援金が下りるからでしょう、それって」

「西山が考えそうなアコギなやり口よねえ」

「アコギはないやろ、アコギは」

「悪代官みたいですよね」

　すると守が…。

「グフッ、グフッ、グフフフッ。イチゴ屋、テマエもワルよのぉ」

　夏美も利恵も、あえてそんな守の小芝居には反応しないでやり過ごした。急な守と利恵のリクエストではあったものの、それでも一泊二日というコンパクトさが、夏美に対して、堅苦しくもないし行ってもいいのかなあというやや前向き、積極的な姿勢を後押ししていた。

「先輩達は小旅行なんて割とそんなふうに軽々しく言うけれど、何処もかしこもＧＷ」

「ＧＷ、ってか。それって、グングン、ワイワイ？」

　バッカじゃないの、と本当は心が冷え冷えと涼しくなっていた。ゴールデンウィークっていう言葉は絶対に知っている筈よねえ、ミーティングでも使っていたし。それをグングン、ワイワイだなんて…。夏美は守が、座持ちさせようとわざと口にした下手なジョークであることを祈っていた。

「あのう…、エッチャンロンチャンの新人時代のコントじゃないんですから。違いますよ。ゴールデンウィークですよ、ゴールデンウィーク。混んでいてすごいんじゃないかなあ」

　その時タイミングよく満を持していたんだよとでも言いたげに、再び西山守が加えた。

「それはねえ。それは、それは、この西山守に任せてチョ」

「またぁ。電車のチケットを予約準備してよとか私に言うんでしょう」

雑用を全部丸投げ人任せにするのである。

「それは絶対に…。あるかなあ」

守はそう言ってやっぱりボカシて答えた。ホントに何処か政治家っぽい。

「もう…。やっぱり。いつもの丸投げ…」

そもそも守は利恵に対しては頭が上がらないその分、その倍くらいの反動で夏美に雑用事を押し付けて来るのである。

「でもねえ夏美ねえ、西山の叔父さんが、『オール関東西洋トラベル』に勤めているっていうのは、すっごくグーな情報でしょう?」

大手御三家の次に入る位の名の知れた旅行代理店である。

「ホントですか?　西山先輩」

何も自分が偉い訳でも何でもないのに守は胸を張って頷いて、イェーイ、と親指を立てた。

軽い雰囲気が本当に似合う先輩だなと夏美は感心して、愛想驚きがバレぬ様に注意しながら演じ返した。

「えぇぇ！　ウソみたぁい。『オール関東西洋トラベル』っていったら結構有名じゃないですか。これはイケるかも知れないわね」

「でしょでしょ？　西山にしてはいい話よね。私、夏前に会社訪問してみちゃおうかな」

　女子は二人ともに、何かちょっと予想外に儲かっちゃうかも知れないわ、というような嬉しそうな気分様相ではあった。

「ガッツリ、イケると思うぜ。一泊二日のグングンワイワイ小旅行」

「何が、グングンワイワイ、よ」

「一泊二日ですよねえ…、その、グングン、ワイワイ…」

　夏美の心持ちがややのめった…、というか、みたいな気配が漂った。

「何か問題があるの？　レポート提出終わっているわよね。ヤバい！　夏美ってまさかの追試？　山際の近代日本史でしょう？　あれはかなりの剣が峰だよね、専門分野が少しずつ入って来る二年次では」

　難関山際教授の近代日本史の追試まで疑われて、夏美は立つ瀬がなかった。講義中にサされて答えられないと、君はイクサに勝てないゾ、とか攻め込まれるのだ。一説によれば答えられない時には平常点を減らされているらしい。

「違いますよ利恵先輩。じゃあ言っちゃうけれど、私、学校の旅行や合宿とか家族旅行以外で自由外泊するのって、恥ずかしながら多分初めてなの。うん…、そう…」

少し過去を辿るのに数秒程掛かったが、それは夏美の嘘のない事実だった。

「ゲッ。信じられない。ヤバい。キモイ。天然記念物。ホントかよ」

「キモイとか天然記念物とかはひどいじゃないですか、西山先輩ったら」

「そうよそうよ。少なくとも夏美はねえ、汚いとか油臭いとかイヤらしいとかヒトたらしとか、普段そんなの、誰かみたいに言われないモンねえ」

「あのなあ、意義ありだよ、そんなの。汚いはないだろうが、汚いは。俺のこの前の泥だらけはなあ、ミナヅキ土木の道路工事のバイト帰りだろうが」

それまでの「小演劇同好会」の活動では日帰りの小旅行どころか、「憩の池皆で一緒にお弁当会」とか「ショートコントシナリオ、バッチリ制作発表会」位しかなかったので、夏美の方も本当は、そんなに細かく過去の身の上事実を具体的に晒す必要なんか、全くもってなかったのではあるが…。

「夏美ね、大丈夫よ、大丈夫。御両親がメッチャ厳しいって言っていたモンね。任しとき。私から、あなたのシビアな親御さんにはうまく頼み込んであげるから」

「逆に余計話がこんがらがるんじゃね。お前みたいなのが急に突然現れるとさあ」

利恵の空手チョップが軽く守の胸板を直撃した。

しかしそんな両親への説得は別にしても、一泊旅行はゴールデンの間のアクセントにもなるし、西山先輩のおかげでそんなに苦労しなくても宿の手配まで出来そうだし、一緒にくっついて行こうかなという浮いた気分が、夏美の頭を占領していた。そして、そうこうしているうちに二十分以上余裕のあった時間が押してしまい、せっかく早歩きして時間稼ぎをして、その上自分自身の夢の話をうまくファインプレーで切り抜けたのに、その直後の夏美の午後の講義は結局、定刻飛び込みギリギリセーフという運び。急ぎ過ぎて少し胸がつまずくような、変な動悸を覚えた…。

＊＊

流れる空気が軽く明るく輝いている。昇る朝日を車窓にタップリと浴びながら、伊豆近郊の山地の合間を縫って南西の方面へと進む鉄道は、流石にゴールデンウィークの最中だということも手伝って、朝が早いとはいえ座席もほぼほぼ埋まる勢いだ。普段生活している学園内の空気とは異なって、鉄道の車両内にもかかわらず、何処かほのかに甘い土の香りが漂って来る。それは恐らく、車窓から入って来る新鮮な郊外の空気の影響に違いない。優しい感触が胸の気管支を行き来する。成和館学園キャンパスにだって「憩の池」みたいな自然の宝庫が多々多数備わっているとは言うものの、学園生活と鉄道旅行。…それぞれの空気に接している際の心持ちが何処かしら、計り知れない別角度なのだ。

そんな西洋鉄道。家族旅行や団体旅行では、この鉄道会社の名物でもある「西洋スマートエキスプレス」を使い都心から直に、それも少ない停車駅数で利用出来る所為《せい》もあって、客はそちらに挙《こぞ》って乗車する。一方、黄川田夏美等三人が今回用いている「快速急行」は平日の通勤時間帯にも走っていて、休日の観光客による混雑という類いとはまた一味かけ離れた、やや強い混み具合かなといった感覚の雰囲気とか込み具合である。恐らく変則で仕事をする人も、最近では徐々に増えて来ているからなのだろう。多様な社会の側面が見えて来る。

運よく長い客席シートに三人連なって座ることが出来た。離れて別れて座ることになったらつまらなくなってしまうだろうな、という乗車前の心配は結果取り越し苦労となって、列車は三人を乗せて進み行く。広田利恵を真ん中にして両側に黄川田夏美と西山守。その守が調達して来たトラベル書類パンフレットが、利恵の膝の上にヒョコナンと何冊か乗っかっていた。

「県営・石沢湖キャンプ場、か。結構ゴージャスなパンフだね」

明るい緑色をベースにしたページをめくりながら巡りながら、そう言う利恵に合わせて、夏美も眩しささえ感じ取れそうなそのパンフレット冊子に、視線を投げかけていた。夏美は、その冊子にライトでも仕込まれていて、自分の顔を射ているのではないのかと感じるほど、その表紙の色調は鮮やかであった。…がしかし、そんなライトなんてある訳もなかった。恐らくフイルムコートラミネートをしっかりときっちりと施してあるから、そんなふうに眩しくて奇麗に感じるのだろう。

「その石沢湖っていうのはさあ、ダムの建設で出来た人造湖なんだけれど、日本で十本の指に入る大きさなんだってさ」

へぇーっと、利恵も夏美も、すごいわね、と頷き、それでそれで、と聞き耳を立てていた。そしてその眼の前の明るいパンフレットを見眺めながら、利恵が夏美を促して…。

「キャンプ場だけじゃなくって、牧場に遊歩道も近場にあるよ。お寺巡りもいいかもね」

夏美が再び、そうですねと頷いた。頷くことが少しクセになっていてよくないのかなと細かい事柄が気になったが、もはやそう簡単には直りそうもなかった。そしてその時点で三人ともすでに、その緑の輝くパンフレットの上でゆっくりと歩き出していた。

「俺達のさ、頭のリフレッシュには持って来いだよねえ」

「あのねえ、頭のリフレッシュをするほど普段西山は頭を使っているの？」

タイミングの良い利恵の突っ込みに、無防備だった守はギャフンと両手を拡げた。夏美はやや遠慮して口を押さえながら、ハハハと小笑いでゴマかした。心の内ではこれは上手いと拍手していた。

「一本取られましたね、西山先輩」

「何のなんの。そのうち取り返すから見ておきなさいって」

そんな他愛のないやり取りが続く中で、今回の小旅行の細かいスケジュールがごくごく自然に練られ、作り上げられていった。


西洋鉄道石沢湖駅からは、地元の街中をやや遠回りするルートの路線バスで終点まで…。都心よりもその景色は押しなべて緑が優勢だ。そんな終点「石沢湖入口」停留所で今度は石沢湖のさらに奥を目指す観光者向けにも、橋を渡り湖の逆サイドを通って戻って行く形で西洋鉄道石沢湖駅とを結んでいる。だから石沢湖の奥深い森側のキャンプ場に行くには必然的に、石沢湖入口終点始点からもう一路線乗車する必要が出て来る。上手く出来ているなと夏美は心の中で感心していた。地元の街中から石沢湖に近づいて来ると山を登る形で、片側一車線道路をクネクネと辿《たど》って行くので、そんなに長い距離ではないのだが、終点「石沢湖入口」まで五十分以上は掛かっている。湖そばでは片側は切り立った崖や森林地帯。そして逆のサイドが小川の流れや谷の拡がりと、都心から近い割にはコントラストが強くメリハリがあり、普段はそうそう見られぬ自然の姿に三人とも興奮していた。そして利恵と夏美はスマホのシャッター操作を幾度となく繰り返していた。一方守は記録についてはほぼ女性軍にお任せで、高みの見物だ。まあいずれにしても自然を眼の前にして三人の心が、おさな児のように踊っていた。

そんな中、黄川田夏美は何故かバスの前方のウィンドウを通して熱心にスマホ写真を撮影し始めていた。それはやはり新鮮な緑が心を打ったからなのだろうか。三人が座った位置がバスのほぼ中央だったので、撮影をするのなら自分の脇横のウィンドウを通すのがごくごく普通の感覚とか仕種だろう。都心を走るバスとは異なりかなりレトロな雰囲気を備え持ったバスである。匂いがゆったりとしている。観光バスのように進行方向に向かって二人ずつの座席が整えてはあるものの窓を上下に開け閉めするタイプで、横にスライドさせる近年のタイプと比べると、やや古いのかなという感覚がまずは先に立つ。さらに運転席脇の乗車口の上、料金表示の横にはクリーム色のペンキで塗りつぶされたような痕跡があり、その部分にうまく上書き補修が出来なかった所為《せい》なのか、そのデコボコした塗りつぶし部分を避けるようにしてそのすぐ上の側《そば》に、「石沢湖観光交通」と記された金属製の比較的新しいプレートが貼り付けてある、というか打ち付けてある。夏美は何となくバスの前方を眺めていたつもりだったが、そんな塗りつぶしの痕跡を記憶しているということは、やはり乗車した時にでもその部分を、無意識に眼にして見ていたのかも知れない。自分では特に何も意識していたつもりは無かったのではあるが…。

「夏美は何を撮っているの？」

谷の川の流れを撮っていた広田利恵が、不思議な撮り方を繰り返している夏美に訊《き》いた。

「何となくですよ。バスの中からウィンドウ越しに前を撮るアングルも有り有りかなとかマジに考えたりしちゃって」

何となく、とは答えたものの、正直言って本当は何かに引き寄せられるような感触で写していたのである。その場の何と言えばいいのか、夏美にとっては一番抵抗のない自然の仕種、素直な動作だった。それらに身を委ねていたのである。すうっと寄せられるように…。

「すごいな夏美は。いよいよカメラマンデビューだったりして」

「何がカメラマンですか。ウチの同好会は人数だって極端に少ないのに。だから皆演出家で、皆脚本家で、皆出演者で…」

「冗談だよ冗談。真に受けるなって」

「夏美ねえ、西山の言うことは半分聞き流すようにしなくちゃダメだよ。疲れちゃうよ」

「解っていますよ、利恵先輩」

とにかく夏美は、ただ何となく運転席側を惹かれるように撮っていたのだ。理由なんてないし、ましてやそのペンキ塗りつぶしの跡とか、何処か役者の及川信也に似た運転手の姿を撮ろうと意識した訳でもなかった。その場の風にむやみに逆らってはいない。何となく、でもそちらの方向にばかり、スマホを向け続けていた。繰り返すが、まるであたかも何かに引きつけられ寄せられているかのように…。それが一番波立たず自然であるという風に…。

そんな雰囲気で乗車していると合計五十分弱位だったと思うが、終点「石沢湖入口」停留所が近づき、石沢湖のミナモ、水面が拡がり出した。それは広く青い水ガラスのように静かに落ち着いていた。乱れが皆無だった。そして、まるで絵葉書の景色のような作品の中に溶け入るように、バス中央の降車口からスタスタと三人はバスを降りて行った…。

「水面が鏡みたいですね。…きれい」

光とか空気とか、とにかくすべてが普段見知っている都会の色とは異種に思えた。

「晴れたし空気だって澄んでいて最高じゃないの」

夏美は付いてきて本当に良かったと心が和んだ。そしてそれまでの夏美の人生に、実際もっともっと沢山旅行の花を咲かせておけばよかったのにと、半ば悔やんでいた。積極的な人生への色付け作業があれば、そこから心地良い適度な複雑さとか色具合をもたらして、さらに一層生活見識が豊かになっていたのかも知れないな、と…。

「確か民宿って石沢湖入口停留所から徒歩十五分ほどの山側で、そこから石沢湖をバッチリ見渡せるってパンフに書いてありましたよね」

そのパンフレットには、輝くパノラマの超絶景、とか言う風に、世間でよく眼にする万人受けする、割に在り来りのコピー文句が記してあった。

「あったかいし、何かすっごく良い気分だよね」

西山守はというと、すでに一目散に展望フェンスまで近づいて行き、バスの中とは逆で、積極的に景色の写真を撮りまくっている。こういう行動はまあ、本来演劇や映像を学んでいる学生の面目躍如と言えるのかも知れない。守の興味心が咲いていた。


通された部屋は、まるでスタジオロケのような時代劇風の雰囲気と色模様ではある。

「そうなんですわ。この辺りにはタケダ氏の時代に金脈を掘っていた人達の、末えいの里があるんですわ」

地元の温泉民宿の年配女主人はもうすでに、それほど商売にはシャカリキ躍起になるほどの熱意も持ち合わせてはいないのだろうか。少しだけだが歌手で役者の老獪、星田綾美に似ている。ここまでズバッと言いきってしまうと客が滅法怖がるだろう、などという配慮や気遣いもあまり考えられずに、少々怖い表情様相でかなり突っ込んだ、言ってみれば怪談のほぼ一歩手前状態にまで踏み込みながら、東京からやって来た若い学生三人に、テーブル上に用意された地元の名産緑茶を勧めた。

「コクがあって、メッチャ美味しいわね」

「本当のお茶っていう感じが漂いますね」

ややお世辞がらみのそれら東京からの客人台詞に反応して、女主人星田綾美…。

「時たま、これは『ウエモン』のペットボトルじゃありませんか、とか言うお客さんもいらっしゃいますが、間違いなく地元のお茶なんですよ。『石沢緑茶』っていうんです」

そしてさらに女主人は細かく地元の説明を加えて行った。そもそも宿の門構えからして、柱の一部が朽ち果てていて、その部分に板を数枚打ち付けて補強がしてある。玄関入口の引き戸までの途中十五メートル程の導線には、西洋鉄道の枕木を払い下げで貰って来たのであろうか、水たまりが出来ぬように何本も何本も並べて敷いてあり、やはり補強がこれでもかこれでもかと徹底している。そしてその枕木補強通路の脇には細いせせらぎも用意され、良くも悪くも、その場の状況に非常に似合った細めの柳の木が、導線に沿ってほぼ一列に並び植えてあるのだ。これはわざとでしょ、という感じに細く完全な一直線ではなしに、やや気持ち波打つように植えられ並んでいるシダレ柳の道筋…。

キャ〜、ドロドロドロドロ、という恐怖の雰囲気とか感覚が、いささかと言うか、かなり漂う状況ではある。

「とにかくよぉく、よぉぉく、いらっしゃいました」

「さすがにこの時期は混んでいるようで、宿を決めるのが大変でした」

その点この宿は充分に空いていたようで助かりましたとか、守がズケズケ言い出さないかと夏美は気が気ではなかった。だから小声で横から守にせっついた。

「ゴールデンの直前に話を持ち出したからですよ、宿がなかなか決まらなかったのは」

利恵も脇から同意のうなずきを示した。そして女主人星田綾美に向かって…。

「この辺りは、戦国時代の武士の人達の名残りがあるんだって聞いたんですけれど」

まるで定期試験前みたいに電車内で前もって眼を通した、緑に輝くパンフレットからの受け売りだった。そして女主人は、よくぞ踏み込んで聞いてくれましたねと満を持していたかのように、そんな利恵の質問に応じ始めた。

「よぉく、よぉぉく、御存じで。先程お話し致しましたように、この湖のちょうど底の辺りには昔、金を掘っていた人達の末えいの里が静かに、静かぁぁに、眠っているんですわ」

すると丁度時を合わせるかのように、窓の脇からハトだろうかカラスだろうか、急にバタバタバタと数羽飛び去って行った。そのタイミングがまるでサスペンスドラマみたいに絶妙だった。心の芯までもが異様に揺さぶられた。当然のことだが三人ともその音を肌身に受けて感じて、必然的に恐れおののいた。守などは出されていた地元の茶菓子「里の緑」をノドに詰まらせてヒト騒動の原因を作った。そしてそんな三人の恐怖に追い打ちを掛けるように、女主人の話がさらに続いて行く。

「その他にも、ヨリトモ様の取り巻き達の落人《おちうど》の里があったとか、いろいろな言い伝えがあるんですわ」

「何だか少し気味が悪くありませんか？」

夏美も、利恵のその言葉に同調した。

「それに、湖の底に眠る、なんて、とってもかわいそうな気がします」

孫娘のような年齢の二人の女子に女主人星田綾美は悪いとでも思ったのか、頷きながら、少しだけ穏やかな口調に整えて付け加えた。

「確かにかわいそうですよね。だから、だから地元では、お盆やお彼岸に出来るだけ丁寧に、村中で弔って差し上げるんですわ」

大きな合戦で武将が敗戦して、この土地からさらに関東の東側へと敗走して行ったらしい。その途中で出会った農民からメシの提供を受け、その際に苗字のない民に姓を与えたのだという。そしてそれがそのまま現代の苗字として引き継がれているのだという話もある。

「でもね、そういう御先祖さんのお里であることが幸いしたのか、大きな湖なのに、私らの知り合いの家や建物は、殆どが水の中に沈まなくても済んだんですわ。御先祖さんの、御先祖さんの…、おかげ様でして」

そう言うと星田綾美は何故か、眼の前の三人に向かって深く頭を垂れた。対面していた三人もそれに合わせてお辞儀した。どうしてなのか解らないが、そんなお辞儀でもそれ程場違いな仕種とは感じなくても済む不思議な雰囲気が、その場には自然と漂っていた。

夏美、利恵、守の三人は、荷物を整理してすぐに時間を惜しむようにして、散歩して来ますと言い残してから、石沢湖の周囲に整備された遊歩道へと足を伸ばした。本当は、あの宿のやや重々しい雰囲気から少しばかり早く逃れたかったのだ。

太陽はまだ、てっぺんに辿り着くまでに小一時間はあるだろう。昼食は何処か地元の食堂で…。万が一適当な場所が無ければ、コンビニおにぎりも非常用に持って来ている。さらに最悪夕食ギリギリまでに、あの「枕木旅館」に戻っておけばよい。すべての条件が整っていて時間にゆとりがあるので気分的には軽々であった。

「あのおかみさんの話、メッチャ気味が悪かったね」

利恵の一言に、夏美も守も反論する術も理由もなかった。まさに言い得て妙だった。

「あのお茶さ、『ウエモン』というより、『やーい抹茶』に似てなかったか？」

「それはどうして。味ですか？」

「枕木が引いてあったろ、入り口にずっと。あの脇のゴミ捨て場のポリバケツにカラのペットが沢山入ってた」

利恵も夏美も、意外に観察眼が鋭い守に驚いていた。

「…ったく。よく観察しているわよねえ、西山は」

「まあとにかく、地元の話を結構詳しく聞けてよかったとは思うけどな。でも泊り客にあそこまでいろいろと話すかなあ」

「ホント、ブルブル震えちゃった。この湖にたくさんの、それも昔の人達の霊が眠っているのかも知れないと思うと…」

と突然、後方の林から急に鐘の音が響き、その音に驚いたのか近場の鳥が飛び立って、三人は思わず、ワワァー、キャアー、と悲鳴を上げた。

「何だよ、何だよ、何だよ。おどかすなって」

気付けば何故か守は、利恵の後ろに隠れて利恵のジーパンの腰に両の手を当てて、身体を低く身構えている。

「…とか何とか言っちゃって、一番騒いだのは西山じゃないの。ドサクサ紛れに触っちゃってるし」

「オ、オ、オ、俺はやっちゃいねえ」

「やってるでしょうが」

そう言いながら利恵は守の両手を払いのけたうえで、軽く守の胸ぐらに痛くないチョップを一発加えた。

「ホント、西山先輩が一番怖がっちゃって。それは確かに言えてますよね」

丈夫そうに見えて西山守は意外に弱腰であることが、この旅行でモロにバレて解ってしまった。こういう事態を、露呈、と言うのだろうか。湖面の鏡が守の本性を浮き彫りに映し出しているのかも知れない。

「切り替えて切り替えて。とにかくいいじゃないですか。空気はおいしいし健康的だし」

「まあな。それもそうだよな」

だいぶ守の気分が、恐怖の鐘の音から明るみの世界へと舞い戻って来たようである。

「ねえねえ西山。今日の予定は？」

道に沿った広場に、まるでベンチみたいに平らで長い黒光りの岩を見つけた。粘板岩という種類の石らしい。そして利恵が、その中央に座りながら守にそう尋ねたのである。守と夏美がすぐに続いて利恵の両脇に腰を下ろした。

「ハイキングで清々しい気分を味わった後、『枕木民宿』に戻って入浴と食事。その後芝居の特訓で十一時に消灯」

「すごい。優等生みたいな信じられないピカピカスケジュールですね」

そうなのだ。そのピカピカスケジュールには理由があった。実は、利恵と守は専門科目でのレポートテーマの「演劇構成準備方法」の考察を兼ねて、今回の旅行を計画していたのだった。だから百パーセント完全な遊びという訳ではなく、そもそも入りたての定着するかどうかも解らない一回生新入部員の面倒を、懇切丁寧に見るだけのゆとりもなかったのだ。従って、くっついて来たというか一人誘われ乗せられた下級生の夏美は、先輩二人にうまい具合に手伝いや下働きをさせられる、といった段取り予定なのである。しかしそんな実情というか真相とは裏腹に、黄川田夏美はいまだ完全にはそれに気づいてはいない様子様相ではある。

「夏美は文句を言わないの。三か月後に夏合宿をどんな感じで運営するかとかさ、夏美が実質取り仕切るんだよ」

「そうだぜ。で、運営がオモロクなかったりさ、芝居の練習が出来なかったりしたらさ、新入部員全員撤収。サッササッサといなくなっちゃったりしてな。だからして引き留めにはさ、シリアスだけじゃなくてコントシナリオあたりも必要かもよ、合宿ではさあ」

「宿の手配とか段取りは私達が手伝うけれど、何をやるかとか主体はあくまで夏美だよ」

この時点ですでに利恵の心は、ほぼほぼ夏美に丸投げ準備状態である。

「おどかさないでくださいよ、部員がいなくなっちゃうなんて。まったく…」

夏美の双肩に急に重荷が乗っかったような気がして、石沢湖の透き通る様な清々しい景色とは異なり真逆、あまり透き通った良い気分とはいかなかった。

まずは必要ないだろうけれど一応、と鞄に忍ばせて来たミニスポットライトとカラーセロファンが、本当に練習芝居の効果に役立つなんて、と夏美の心は先輩二人を前にして密かに踊っていた。どういうのか、本当に実地で学べそうな予感がしていた。がしかし…。

「何かねえ、利恵はいささか演技が硬いんだよねえ。もっとさ、こう、力を抜いてさ」

どういう訳だか民宿の好意で、普段は寝具置き場になっている空き広間を片付けて、練習に使わせて貰っている。…にもかかわらず、そんなＴＰＯもすっかり忘れて若い男女が壁ドン状態。今にも抱き合いそうなシーンばかりを、西山守が演出監督兼男役で張り切っている。

「何故かラブシーンばっかりじゃないですか、西山先輩の練習シナリオは」

スポットを調整しながら演出補佐役の夏美が横から、そのようにニガニガしく口を挟んだ。

「演劇概論の講義にもあるだろうが、ちゃんとさぁ。情感を込める練習にはラブシーンが一番効果的なんだってさあ。ちゃんと成和館の講義聴いてる？」

「それも一理あるわね。ま、取り敢えずこのシナリオで、いいか。…てか、夏美はまだ履修していないんじゃないの、演劇概論」

「いいえ、利恵先輩。似たのが基礎科目にもありましたよ、基礎演劇概論」

低学年の基礎教養科目にも、演劇概論の導入部分を学ぶ科目が別単位で存在するのだ。

「そうだよねえ。そう来なくっちゃいけないぜ。基礎の演劇概論チャン」

「あったっけ、そんなの」

「確かに講義は受けましたけれど…。これでホントにいいのかしら」

…と首をかしげる夏美なのであった。


翌日曜日、力強い初夏の朝日がしっかりと顔を出し、その日のスケジュールを微妙に後押し応援している。朝の散歩に引き続き、朝食、ボイストレーニング。さらにレポート下書き、新入生トレーニング用のシナリオ作成だとか、結局成和館の学内にいる時みたいな普段と変わらない「クラブ活動」を行ない、一息ついた後、三人は宿を出発した。例の「枕木旅館」の女主人、「まるでほぼほぼ星田綾美」が推薦していた「湖水神社」と、石沢湖の成り立ちを説明する「石沢湖資料館」に立ち寄った後、夕暮れ前に三人は無事に西洋鉄道石沢湖駅から帰途に着いた。あっと言う間のGW、グングンワイワイ小旅行、名目上のミニ合宿、であった。

# 第二章／
# 奇妙なスマホ写真

　黄川田夏美が普段バイトしているブティック「虹色」は、駅チカのコンコース沿いに五分ほど歩いた場所に位置している。夏美の自宅からは成和館学園大学と同じ方向方面で、自宅より二駅の場所にある駅チカブティック「虹色」。その「虹色」には、バイト情報誌を手に入れようと夏美が途中下車して、駅そばの情報棚をいくつか物色している時に遭遇した。全くの偶然だったが何らかの縁が感じられた。学生定期での途中下車だから、運賃も余分には掛からなかった。

「虹色」はそんなに特別目を引く存在ではなかった。普段は通り過ぎるその駅の地下街沿いに、コジャレた店がヒヨコナンと居座っていたのだ。駅から延びるその地下街で、店前にたまたま貼り紙がしてあってバイト学生募集中を知ったのである。少々地味な店構えで逡巡があったものの「週三以上、夕方のみも可」だったので、ムリなく仕事にも学業にも顔を出せると踏んだのだ。家で事前に相談をすれば、イチャモンみたいに難癖付けて反対されるのが何となく見え見えだったので、既定事実を作ってから家族には「発表」した。案の定、作戦が波に乗り功を奏して、狙い通りにうまく、いった…。

夏美が小間物やブローチなどを収めてあるショーウィンドウをアルコールティッシュで丁寧に拭いていると、奥から甲高い年配女店員の声が響いて夏美に休憩を促した。店内が混んでいないラッシュアワー前の比較的閑散とした時間帯には、バイトを繋ぎ止める為の目玉にしようとしているのだろうか、割と頻繁に「十分間休憩」が与えられるのである。夏美のポケットの中で、着信を示すスマホのマナーモードバイブが何度か震えていたので、これはまさに渡りに船だわと、品物で狭くなっているストックヤードでエプロンを外して、裏の階段口まで足を伸ばした。

「西山先輩ったら、もう。いつも言っているじゃないですか。メールもダメ。この曜日のこの時間帯は私、バイト先で仕事中なんだから、電話もメールも一切禁止だって」

余裕のある時には電話の相手に対して、掛けて来てくれてサンクスありがとうね、などと殊勝な言葉が浮かんで来ることもままあるのだが、一旦ラッシュ時間帯に入る頃合いにでもなれば、何でわざわざこんな時に、とか、せめてメール送信にしてくれないかしら、とか、真逆のトゲの嵐のような心持ちが断然優勢になるものである。

TEL「解ってはいるけどさ、マジに真面目に大変な問題が起きちゃってな」

西山守の声はいつもみたいに変に弾んではおらず、ふざけてもおらず異様に裏返ってもおらず、割合ちゃんときちんと文字通り真面目に流れていた。別人が守のギャグ的いたずら心に同調して守の声色をまねてドッキリ電話をして来たのかも、という深読み過ぎる推察も、まずは到底あり得ない邪推であった。

「マジに真面目になんて、またまたまた…。大変な問題？　オーバー気味のヤケに生真面目なセリフは、西山先輩にはあんまり似合いませんよ、普段とトーンが違い過ぎて。まさかまさかのドッキリかと思っちゃいましたよ」

守は夏美のそんなギャグにも、あまり乗っては来なかった。弾みが薄かった。

TEL「ゴメン。あんまりさあ、ふざける気分じゃないんだよ。とにかくさ、電話じゃ詳しく話せないからさ、今日会おうぜ。夏美は確か今日は午前中のみだよな、講義の方は」

「そうですよ。午前講義の後、今日は二時六時の売り場補助バイトです」

TEL「…てことはだぞ、バイト後は完全フリーだろ」

「だから今日みたいな水曜日は午後バイトデーにしてあって、専門選択科目は木曜日集中にしているんです」

低学年でも一部、専門科目を履修しなくてはならないシステムになっているのだ。

TEL「解った。俺はあと一講座で終わりだから、その後会おうよ」

いつもの守のノリノリのパターンが、僅かに顔をのぞかせた。得意のペースに入りそうだ。

「その後会おうよって、そんなの全部西山先輩の都合でしょう」

TEL「そうだよ」

夏美が本当につんのめった。こうしてペースに乗せられるのだ。

「あのねえ…」

TEL「とにかく七時に駅前のいつものサテンな。利恵も来るって言ってるし」

「利恵先輩も…」

じゃあな…、と一応のあいさつ言葉を残して、そのスマホ電話は一方的に切れた。相手がなかなか来そうにない時に仲の良い女子友の名前を出してくるのが、西山守のワンパターンの常套手段である。夏美はそれもちゃんと把握していた。しかし何故かヤケに気になる…。その時だけは西山先輩の、何と言って表現すればいいのか…。そう、真面目な慌て振りがありながち下手なカラ芝居でもないような気がして…。夏美の心がヤケに後ろに引きずられて、結局自宅に、「小濱」で帰宅遅れるよ、とメール送信しておいた。

大学キャンパスの最寄り駅、「成和館学園前駅」から東に徒歩数分の商店街の中に、普段仲間で顔を揃える馴染みの喫茶店兼スナック「スマオーミ」があり、そこですでに西山守と広田利恵は顔を揃えて黄川田夏美を待ち構えていた。門構えがワインレッドのレンガ造りになっていて待ち合わせ場所にはまず間違わない、という利点がある。昼間だと濃い目のキリマンジャロの芳香がいつも漂う、落ち着いた店である。そして夕刻過ぎになるとピザとワインで軽い食事も楽しめる。そんな店「スマオーミ」というもっともらしい外国語みたいな店名は、マスターとその夫人の出身地二か所に由来しているらしい。

小さなベルが備わったクリーム色のドアを開けると、細かく揺れるベル音とともに暖色系の明かりに満ち照らされた、やや大きめの木目テーブル七台ほどのシマが縦方向に拡がって見える。一昔前の食堂車両みたいな造りだ。そんなに大柄な店構えではないのが学生には人気になっているらしい。よそ行きしなくてもいいという安心感がある。そして恐らく、それぞれの木目のシマがそれぞれのグループの「陣地」として占有出来るよ、という充ちた感覚に浸れるから人気なのではないだろうか。

入ってすぐ右のシマに守と利恵が座っていた。利恵が一番最初に着いたらしい。夏美が入ると入口に対面していた利恵が、夏美に向かって軽く右手を上げて合図した。やはり二人ともに、弾んだ表情には程遠い…、そう、きわめて硬い真面目な様相であった。

「それでさあ。この写真なのよ」

夏美が、木目テーブルとセットになっているL字型シートの空いている部分に座ってから、アメリカンコーヒーを頼んで整うとすぐに、利恵はそのように言って自分のスマホのフォトを操作して、何枚かをスクロールして流して夏美に示した。やはりそれらは先日石沢湖を訪れた際に写したショットのようである。脳裏に浮かぶ明るい自然の空気。そして画面の配色の鮮やかさから、それはすぐに石沢湖だと判断出来た。ためらいなく恥ずかしげもなくササササッと操作しているところをみると、利恵が普段から写真を整理して、明け透けにしたくないものは「別室」ファイルへとすでに移していることがうかがえる。

「写真だったら利恵先輩のスマホから写メールで送ってくれれば、すぐに見れたのに」

そう言う夏美に、守が自分のスマホでもないのに横からガサツに口を挟んだ。

「いやいや、ところがそうは行かないワンショットなんだよ、ワンワン。…これはね…」

やっぱりふざけちゃって…。守は、守であった。ワンワン言いながら、守は利恵のスマホフォトをやはり横から勝手にガサツに、さらに数枚流した。利恵がそんな守をちゃんとたしなめないのは、普段からそれなりの関係が備わっている証しなのだろう。

流れる画面。それは夏美にとっても見覚えのある光景の続き具合だった。西洋鉄道の石沢湖駅から乗った石沢湖観光交通の路線バス車内で写した数枚だったからである。夏美は流れる数枚を、その勢いに任せて流れに沿ってスルスルと見流していた。記憶通りの流れなので安心して見眺めていた。そしてその中の一枚。そこでスクロールがクッと止まり、それと同時に視線がギュッとあたかも磁力に強く引きつけられたかのように留まる。視線がどうしても動いて行かなかった。見逃せない驚きというか焦りというのか、そこに無理矢理視線が縛られたという表現が的を射ていた。

「何、これっ」

「やっぱり急を要する重い案件だろ。事件と言ってもいいんじゃね？」

それは…。群を抜いて異様だった。石沢湖観光交通のバスの車内。利恵が、並んで座っている守と夏美を横から写した際の写真だ。二人の頭の上にぼんやりと女性のはだけた胸らしきものが、漂うようにして薄く写っているのだ。

「利恵先輩が写した時、でしょう？　これって女の人の胸ですよね」

空中に浮かんでいる、ぼんやりと見える、ほの白いその映像…。

「でも、あの時は絶対にそんなのなかったよ、そんなのは。私が写した時には絶対に…。ある訳ないじゃないよ」

「俺もあの時、ギャグをかましたり変な細工をした覚えはないし…。現に俺のスマホ写真はちゃんとした普通だった訳だし」

そう言いながら、守も自分のスマホをおもむろに開いた。そもそも守は面倒臭がりで、あの時そんなに何枚も写してはいなかったが、開いた数枚の写真はいずれも綺麗な風景写真として納まっていた。しかし利恵のそのショットだけは、そのまま見過ごすにしてはぼんやりと浮き上がったその場違いな映像が、異様だった。それはあたかもバスの中、景色の中で、ボォッと周囲とは無関係に漂い浮いている感じで、その上さらに薄く白くボヤけているので、バスの中での細工だとは到底考えられない。人工的なトリックではないよ、という雰囲気が感じられる。仮に万が一の可能性があるとしたならば、写真になる際の光の屈折加減とか散乱の度合いだとか、ガラスや金属からの反射だとか…。夏美は取り敢えず自分のスマホのフォトマークから、あの日に自分が写した写真ファイルを引き出して、スクロール流ししてみた。

「えっ。これってもしかしたら、そうかも…」

夏美は、スクロールして現れた怪しげな一枚を二人に向けて示した。

「ええっ？　何よ、夏美も？」

「マジかよ」

夏美が写したものの中には、利恵のそれと同じように大きくぼやけて映っている「ほの白い胸」はなかったものの、バスの後方から運転席横脇のウィンドウをねらったショットに、よく見るとやはり小さくぼやけた胸らしきものが映っていた。よく見なければ解らないような、ごく小さなぼやけた胸。現に夏美は、その時までその小さな変異を意識していなかった様子ではある。言われてみれば、よく見るとこれはちょっと変だな、位の感じだ。ちょっと見には気づかないほどの映像が、あの運転席脇の入口デッキ上の塗り直し部分、「石沢湖観光交通」というプレートがある近辺に映り込んでいる。社名の塗り直し部分が暗くて、ちょうどそこに小さなぼやけた写像が同化している、とでも言えばいいのだろうか…。だからもしかしたら、夏美は守と利恵に写真を見せるまで、その存在には気付かなかったのかも知れない。

「マジかよ。ウソだろ、こんなの」

守が眼を見開いて驚いた。

「これってやっぱり、小さいけれど、どう見ても、女の人の、胸よ、ねえ」

利恵が両肩をすくませて、そのように小声を途切れさせた。

「それ以外にはちょっと考えられないですよね」

写した際に写した記憶のない物が写っている、という想定外の恐ろしさなのだろうか。夏美の揺れる小声がそれを如実に物語っていた。

「スマホカメラに、やたらとゴミが写る訳もないしな」

同じ位置に同じゴミなら、レンズが汚れていたという原因も考えられるが、持ち主の異なる二台のスマホに全く異なる大きさの胸の形のゴミ汚れ…。そんなことはまずもってあり得ない、確率の低い現象の見立てであった。

「写真のバックが、石沢湖と反対側の山の方向でしょう。女の人が写り込む訳がないわよねえ」

「それも裸の女の人の胸なんか。ありえないですよ」

夏美はそう言いつつ背筋に寒気を覚えた。

「あの『枕木民宿』のおかみさんの話が、今思うとヤケにリアルだったよなあ」

守のその言葉に、利恵と夏美が合わせるようにして頷いた。

「ひょっとすると湖の底に沈んだ御先祖様の亡霊だったりしてな」

守が調子に乗ってそう言って、女主人「ほぼほぼ星田綾美」の怪談話を連想させた。

「変なことを言わないでくださいよ、もう。今晩眠れなくなっちゃう」

「そんな時には連絡してちょ。俺様が出張して夏美を寝かせてやるから」

そう言うと横にいた利恵が守の耳をキュッと軽く引っ張りあげながら、仕様もないという風に言葉を繋ぐ。当初真面目で神妙だった守が、やっぱり徐々に何時の間にか普段のキャラクターに調子よく戻って来ている。

「あのねえ、調子に乗るんじゃないの。だいたい亡霊だとしたらどうして湖の方向に写らないのよ。変な写真は二つとも、山の側の斜面をバックにして写っているじゃないのよ」

確かに他のどのショットを見ても、石沢湖の湖面側を撮った風景は正常で綺麗な色合いだ。

「そ、そうだな。それに亡霊だとしたら、鎧姿の落ち武者あたりが出て来てもいい筈だよなあ。ああ、耳が伸びる」

湖からの光の反射があって、何らかの作用を起こした可能性がゼロであるとは言えないもののの、よりにもよって女性の胸はないだろうさ、女性の胸は、という考えも出て来て当然である。

「他にも何か、考えられる理由ってないですかねえ」

「そう言う夏美は何か、心当たりはないのかい？」

夏美は、ただ単にその場の成り行きで眼の前の二人に問い掛けただけなのだ。それなのに逆にそのように利恵に話を振られて、困惑してしまった。

「この際言ってみろよ、夏美」

夏美は、仕方がないな、というふうに視線を持ち上げた。

「これはねえ、絶対に西山先輩の所為《せい》ですよ」

「何！　俺の所為だと？」

急に振られた守は、納得がいかないとでもいうふうに夏美を睨んだ。

「何よ何よ、夏美」

「西山先輩が女の人のことばかりを考えているから、写真にまで女の人の姿がこんなふうに現れてしまうんですよ」

この発言には利恵も守も半ばおおよそ、ガックリズッコケ、であった。それは、夏美だからしてもう少しまともな理論に基づいた回答が返って来るのではないかと、二人ともが期待していた証しであった。

「ふ、ふざけるんじゃねえよ」

しかし夏美は夏美で、それは二人が考えているほどいい加減なナマ返事をしている訳でもなかった。

「あんなねえ、ラブシーンばっかりのピンク練習シナリオを書くからですよ、西山先輩が」

今度は利恵もまた、守を睨んだ。

「考えてみれば確かに夏美の言うことも、もっともだわよねえ」

利恵が加担して、まるでオセロゲームのように一気に守の敗色が強まった。

「何だよ、もう…。あれとこれとは全くの別問題だよ」

「念写って知っていますか、西山先輩は」

夏美はこの際言いたいことは言った方がいいと思い、その勢いに任せて続けた。

「念写って、あれだろ。頭の中で考えたことが写真にそのまま写せるっていう、あの、一種の念力だろ」

「そうですよ。結局、女好きの西山先輩の無意識の念写が原因だと思います」

「そそそ、そんなバカな」

「いやらしいわね、西山って」

「あのねえ。冗談は顔だけにしてくれよ」

守の肩に、横にいた利恵の逆水平が決まった。やはり利恵も、もしかしたら夏美の言い分が正解なのかも知れないわと、そのように考えを及ぼし始めているのかも知れない。

「夏美の言うこともっともだわ。西山、あんた、バスの中で何かそんな類いのことを、考えていなかった?」

「何を…。バカ言うなよ」

「そんな類いのこと、です。西山先輩…」

そう言って夏美は念押しするようにして守に尋ねた。それに対して守は上目をして天井の照明を見つめて、本当に思い出そうとしていた。

「しかしなあ……。そんな類いのことって言われてもなあ……」

「考えてはいませんでしたか、西山先輩」

「この際全部吐いて楽になろうよ、西山」

「何を言ってるんだよ。まるで警察の取り調べシーンみたいじゃないか」

「知っているんですか、西山先輩は。警察の取り調べを」

「……んな訳ないだろうが」

「ホントにあの時バスの中で、そんな類いのことを考えていませんでしたか？」

「お、俺はやっちゃいねえ、じゃない。考えちゃいない。……でもな、待てよ」

夏美の質問に、よせばいいのに守はあの時の状況を詳しく思い出そうと、今度は両の視線をフラフラッと宙に漂わせた。

「そうか……。そう言えばあの時は確かに……」

「え？　西山、何て言ったの？」

「な、何でもないよ」

「西山先輩、図星じゃあないでしょうねえ。こっちは、まさか、という感じで冗談を半分混ぜて言っているんですよ。それなのに……」

「モロに西山がチカンだなんて」

「意義あり。チカンなんか、関係ない！」

そんな時ちょうど、若いバイトの女子店員がポットを片手に水を注ぎに来て、攻め立てられている守を不審そうに眺めながら三人のコップを整えた。守は首を細かく横に振って、そうじゃないそうじゃないんだと必死に応じていた。

話を戻すと確かに守は、あの時はバスの中で何か目に見えない特別な力とか雰囲気に、故意なのか偶然なのかは解らないけれども、心が引っ張られて傾いてしまったのかも知れない。

それを今になって、守は気づいた…。

「もういいじゃないか。その追及はこの辺りでやめようや」

「そうは行かないでしょ。西山が言い出して、私達がこうやって、『スマオーミ』に集まったんだから。ブレンドコーヒーオゴリだかんね」

「あの、私のはアメリカンです、これ」

「あのねえ…」

「あんなに清々しくて健康的な旅行の最中にですよ。西山先輩ったら…。私、プリンアラモードも追加しちゃおうかな」

そこまで言って、夏美はやり過ぎかなと矛を収めようかとか考え出したのだが…。

「あのねえ、誤解だよ、誤解、ロッカイ、誤解。確かにあの時は考え事っていうのか、何かにスルッと引っ張られたというのか…」

はっきりと場の空気を思い出したのか、そう言う守の表情はやや青ざめて見えた。

「やっぱりね。西山は西山よ」

「ところでこの写真。結果どうしようとか、何も結論が出ていないんですよね」

「そうよ。どうするのよ、この一件を落着させるには」

三人は互いの顔を見合わせた。

「私、後味が悪くて本当に眠れませんよ」

「だから、それは俺が眠らせて…」

利恵が、今度は守の二の腕を軽くゴツンとやりながら…。

「そういう問題じゃあないでしょうが」

守は、なす術がありませんと両手を拡げる。

「解ったよ。解りましたよ。それじゃあ俺、供養して来るよ」

「供養を?」

利恵と夏美の声が揃った。そして二人ともに、誰を、何を、どのように供養すると守が言っているのかが知りたかった。どうしてこんな風に場違いな写真画像が出来上がっちゃったのか？　この写真の秘密がまだ1％だって解けてはいないという混沌とした状態なのに…。

「一緒に付いて来ちゃあ、あ、くれないかいぃ？」

そう言いながら守はふざけて歌舞伎役者みたいに顔を振った。苦労して演じているようではあったものの、見得《みえ》が見得になっていなかった。

「付いて来てって…。何を言ってるのよ。供養だなんて。第一、何を供養するって言うのよ」

「石沢湖に行ってみようよ、もう一度アゲイン。でないと俺、何だか背中が涼しくてさあ」

それは夏美も同じ感覚ではあった。

「それについてはホント、私もそうなんです。何だかそう言えば背中を冷えているコンニャクか何かで撫でられているような、そんな感じがして…」

つい最近も何度か、夏美は背中がそんな感覚に陥ったのだという自分の経験を、吐露した。

「そうそう。コンニャクプリンでナデナデする感じだろ？」

「いやらしいわね。何が、コンニャクプリンでナデナデ、よ」

「あのな、いやらしいはないだろうよ、いやらしいは」

二人の言い争いがますます勢いを増してきた。

「西山が言うとなおさらなのよ。夏美の表現はそうでもないけど」

「どうでもいいからさ、供養しようよ。♬オブツダンのヤセガワ」

守はそう言って両手を合わせている。

「バッカじゃないの」

「あのねえ、利恵は少し考え過ぎじゃやね？」

「仕方がないわねえ、西山も夏美も」

結局利恵が守と夏美に折れる形で、今度は週末に日帰りで石沢湖の周りを廻ってみようということになった。

## 第三章／

# 再び訪れた石沢湖

石沢湖観光交通バスを降りた石沢湖入口バス停。言わずと知れたこの路線の終点。そしてさらに奥のキャンプ場方面への始点でもある。降車したのは西山守、広田利恵、黄川田夏美の三人他、地元の住人らしき老人数人以外は、殆どが行楽の年配客とかハイキング目当ての人々であり、リュック等の荷物も足元を結構占領していてかなり混雑していた。そして湖面が拡がる晴れた明るい景色を再び目の当たりにして、訪れた三人は、バスだまりのコンコースに、数脚申し訳程度に置いてある長ベンチに腰掛け、自販機の缶コーヒーを口にしながら、あの例のスマホ写真を撮った場所辺りまで湖面に沿った道を、徒歩で巡ってみようと計画を立てていた。因みに今回の車内でのスマホ写真は混雑で三枚だけなのだが、全て普通、だった…。

「このベンチの雰囲気、何処かで…。何処だったんだろ」

もしかしたら、あの夢の中のベンチ…。

「どうしたの、夏美」

ベンチの並びの雰囲気がヤケに殺風景で、その寂しい感じを黄川田夏美は何処かで体感したというか味わったというのか、よくは解らなかった。だから…。

「いいんです、いいんです、すみません。何か、夢で同じことを経験したことがあるような気がしたので」

「あるある、そんなこと。あるわよ夏美」

「俺は無いけど。爆睡で熟睡するタイプだからな、完璧に」

利恵と夏美は守の言葉を聞いて、話にならないわ、と両手を拡げて首をかしげてから、地図に再び眼を落とした。

二週間ぶりの石沢湖との再会であった。見た目おとなしい湖面。さわやかな逆撫でしない微風。それらが初夏の季節を無理なく後押しして来る。そんな中、先程降車したばかりのバスの前ドアの方から一人、トントントンと降りてベンチの三人の方向に近づいて来る。女性運転手だった。これから石沢湖の奥のキャンプ場経由で、再び石沢湖駅方面に戻る便。出発するまでの時間間隔が、ほぼ三十分はあるバスダイヤである。きっとトイレか事務への伝達か、そんな類いの用事なのだろうと、三人はそれぞれ、そのブルーネクタイの制服姿を頭の片隅に留めながら、手元の地図を見つつ予定を立てていた。

「女性運転手って言っても、最近はそんなに珍しくもないか」

「バスの車内に、お客さんの忘れ物とか、あった訳でもなさそうですよね」

「そうだよね。料金ボックス以外は手ぶらじゃないの、あの運転手さん」

三人は女性運転手の身の回りをそれとなく観察したが、その料金ボックスと運行日誌と思われるファイル以外には、確かにめぼしい持ち物はなさそうだった。

「あの…。女性運転手って、わりと珍しいですね」

守は初対面のその運転手にも、気後れすることなくすんなり話しかけた。初対面という小高い壁とか抵抗が、心に降って来るタイプではないのだ。そして、そんな守を眼の前にした利恵と夏美が両方から、守を軽く肘で打った。しかしそんな周囲からの部分攻撃には、守は全く動じてはいない様相であった。話しかけるのは当然じゃないか、とでも言いたげに…。

「女性が珍しい…。それもそうだわねえ」

三人は、そのアラフォー少し手前に見える、女優の早崎美子似の制服女性に軽く会釈した。

「トラック業界とか大手のバス会社なら、そんなに珍しくもないでしょうけれど。ここではそうね、確かに珍しいわね」

大野好江という、事務職時代を含めてバス会社一筋の女性運転手であった。事務職員時代にたまたま運転手の欠員があって、それが転機になったらしい。家業の関係で大型免許を持っていたのが上司の眼に留まり推薦を受け、それなら運転職に出ようかなということになり、五年ほど前に現場の運転手デビューに繋がったらしい。

「あんた達、興味があるの、うちの会社？」

「まあ、興味と言うか何と言うのか…」

守のその後ずさりの緩い返答具合に、大野好江はすぐに見当違いを察知したようであった。その女性運転手は内勤時代を含めると、もしかしたらすでにこの会社で二十年近くの歴史を持っているヒトなのかも知れない。

「それじゃあベテランの運転手さんに伺いますけれど、この湖のほとりには昔住んでいた人達の家があったんですか？」

渡りに船とばかりに利恵が好江に質問を向けた。すると…。

「この湖は人造湖だからねえ。農家が何軒か、水の底に沈んでしまいましたよ」

「そ、それじゃ、幽霊が出るなんて話は、聞いたこと、ないかな」

「幽霊？　ないないない。立ち退いた農家は皆、最終的には円満に転居したっていうから」

守の突拍子のない話の展開具合に、好江は少々臆した様相を示した。そして、そんな守の無理矢理をフォローして収めてあげようという風に、夏美が続けた。

「あの…、それじゃ湖は別にして、町や村には何処にでも古い歴史とか言い伝えとかがあるでしょう？」

「そうそう。幽霊でも特に、運転手さんとおんなじ女の人の幽霊とか」

守が再び話をこねくり、複雑に蒸し返しそうな展開となってしまった。

「そんな幽霊とか亡霊なんてことは、絶対にありゃあせん。以前にも、東京や名古屋くんだりからテレビが来ていろいろ聞き回っておったが、ワシ達はなあ、御先祖様を、そりゃあとても大切にしとるんだ」

突然の老人の登場に三人は肝をつぶしそうだったが、守達の質問の詳しいいきさつを知らない大野好江運転手だけは、どうということもないという涼しい表情と心持ちで、何もなかったかのようにその老人に向かって軽く右手を上げて挨拶した。好江の話によれば、地元で農業を営んでいる老人で、農協の関係で頻繁にバスを用いるお客さんなのだという。深緑色の野球帽、日に焼けたアゴ髭ジャンパー姿のその老人は、とても農協の、それも間違っても事務職とは思えない様子容貌だ。

「そのじっちゃんはねえ、このあたりでも有名な昔語りのじっちゃんなのよ」

三人から離れた後方のベンチで休んでいたのだった。そんな所に、見慣れぬ三人が幽霊だの亡霊だの言って、さらに知り合いのバス運転手に、女性運転士は珍しいですね、とか無造作に言うものだから、少々ご機嫌斜めに話に分け入って来たのだった。

「昔語りの、じっちゃん、か」

独り言のようにつぶやいた守が、今度はジロッとその老人に睨まれた。

「じっちゃんの言う通りだわ。幽霊だなんてとんでもないですよ」

そう言いながら大野好江は、時間だからジャネ～っと軽いボールを投げて残し、目の前の営業所のドアに向かって歩いて行った。

「おとうさんねえ、私達これから石沢寺に行くんですけれど、何か知っていることがあったら教えてくれませんか？」

利恵が首尾よく、じっちゃん、を、おとうさん、と軽めに言い換えてそのように尋ねた。

夏美が横で、さすが利恵先輩、というふうに頷きながら見守って聞いている。

「石沢寺はなあ、湖に眠る御先祖さんの霊を弔う為に建立された寺だ」

「そういうことならやっぱり石沢寺で、きちんとその御先祖様を弔おうよ。安らかに眠ってくださいってね」

「私も先輩達の意見に賛成です」

「御先祖さんを大切に思うなんて、いい心掛けじゃないか」

おとうさんと言われて、役者で言えば畑岡輝太郎に似たその老人は、すっかり快く軽い気分に切り替わった様子だった。そして背負ったリュック式のバッグの中から、何故か大ぶりのトマトを三人に一つずつ出して渡して、トコトコ去って行った。歩き去ったということは、このバス停の近所傍らに農協とか自分の住処《すみか》があるのかも知れない。

「そうか…。湖の中が息苦しくて、あの胸の写真は山の方に出て来たのかも知れないわね」

「そうだとしたら、このトマトでも分けてやりたいよなあ」

「トマトの産地なのかしら。そんなこと、ガイドには載っていなかったですよねえ」

「載っていなくったって、ここいらにも農協があるだろうし…。ちなみにトマトってナス科なんだぜ」

「へぇ。ウソみたいねえ」

利恵は守の意外な知識に驚いていた。

「家の近所で家庭菜園をやっていたから、そこのトマトを見てスマホ調べしちゃったんだよ」

「トマトがナス科の植物だということよりも、西山がそれを知っていたということの方が、意外な驚きだったわよ」

それを聞いた守は両手を拡げるいつものポーズで、話題から逸れて逃げようとした。

「トマトを見てスマホ。トマトにスマホ…。トマスマ…。トーマス・マン、なんちゃって…。

受けない様でお呼びでない、と。これまた失礼いたしやっした、と」

今度は夏美と利恵があきれて、二人がともに両手を拡げた。

「あ、そうだ」

思い立ったように夏美が突然、営業所と逆サイドに止めてある、先程降りたバスに向かってスウッと歩き始めた。何事なのかと利恵と守は顔を見合わせて、歩く夏美の後を追った。

「夏美、どうしたんだよ、突然にさあ」

乗って来た停車中のバス。その折り開いてある前ドアデッキ付近には、立ち入り禁止札の下がった二本の「黒黄ツートン注意ロープ」が張ってある。ドア解放のまま運転手が離れる際の規則でもあるのだろう。夏美はそのたわんだロープ越しに下から、運転席脇のデッキ上、バス会社名と運転手氏名が記してあるプレートの付近を見つめていた。

「やっぱりあの時とは違うバスなのね」

あの時の古いバスは窓が上下開きの旧式だったが、このバスの窓は左右開閉式だ。それに、運転席脇の金属プレートの感じも異なっている。しかし念の為にという感覚で、夏美は自分のスマホで開閉ドアの入口デッキ下から、車内では混雑で写せなかった、その上方のネームプレート付近を拡大して写そうとしていた。守と利恵はそんな夏美の行動を、成り行き上どうしてなのか理由が解るので、それほど不自然にも感じなかったようだ。がしかし…。

「何か珍しいものでもありましたか、お客さん達」

訳を知る由もない大野好江運転手が、営業所内からちょうど戻って来たのだった。

「い、いいえ。すみません。ちょっとレトロ調のバスでカッコ良いと思ったから」

本当はこの前乗ったバスの方がもっとずっとレトロだったのにと、夏美は心の中ではそうつぶやいていた。結局、塗りつぶしの部分もきちんと写せずに、闇の中のままとなった。

以前世話になったドロドロドロドロドロの朽ちた民宿「枕木旅館」から、さらに歩いて奥の方角。話題になった「湖水神社」のすぐ傍らの丘の上に、その「石沢寺」はひっそりと眠るようにして静かに佇《たたず》んでいた。そのお寺参りをした後、守、利恵、夏美の三人は、石沢寺から続く石段をゆっくりとゆっくりと、湖沿いの車道に向かって戻り下っていた。何か意外な事物が見つけられるのかも知れない、と思い定めてゆっくりと…。例えばどう言えばいいのか、惹かれる物があるとか涼やかに感じる場所があるとか、風に撫でられる瞬間があるとか…。

「キャーッ」

石段の一番脇を歩いていた利恵が、急に大声、驚声を上げて横に飛び退いたものだから、そのすぐ脇にいた守が利恵の身体を支えようとして、反射的に両手を伸ばした。そして利恵の右胸がモロに守の掌にぶつかった。

「キャーッ」

間髪を入れずに利恵の平手打ちが、バーンと守の頬にさく裂した。

「何、何、何？」

「何で、何で、何で？」

驚く守に、もう一発いこうか、という利恵のヤケにハードな勢い。そして真横の逆サイドからずっと見ていて、その成り行きを充分に把握し理解していた夏美が、やっとのことで利恵を押し鎮めた。

「今のは絶対に不可抗力ですよ、利恵先輩」

「そ、そうだよ。石段だから落ちないように支えてやろうとしただけなんだぜ」

「気持ち、モンだでしょうが、微妙に」

利恵の台詞に、守は瞬間、顔の筋肉をビクッと動かした。

「お、お、お、俺は、やっちゃいねえ」

守は懸命に首を左右に振った。

「犯人役の演技はもういいですから、西山先輩はもう、何度も何度も…」

夏美から見ても、先程の一連のその流れには悪気はなさそうだった。そして騒動の後、一息一段落がつくと利恵は視線を外しながら、自分の後方石段の端、足元の先を指さした。大きなカエルの死骸が横たわっていたのだった。理由が解った守と夏美は視線を合わせて、ああそうだったのかと軽くうなずいていた。

「なるほどねえ。これは驚くわなあ」

「確かに、凄まじく大きいサイズのカエルですよねえ」

手足が伸びている状態だからなのかも知れないが、ミカン箱の長い方の辺程度の大きさに見える。その枯葉色の死骸は、ちょうどあたかもノビた状態で息絶えているようにも見える。

…と、守がおもむろに自分のバッグを開けて、新聞の広告面を中心に数枚取り出して、そのカエルを包んで階段脇にある手すりの外側の草むらまで運んで、そっと横たえた。そして、静かに両手を合わせた。後方からそれを見ていた利恵と夏美も自然と同じように、守に合わせるようにして両手を合わせた。

「たぶん、死にたくて死んだんじゃないモンな、このカエル様だってさあ」

守の言葉に利恵も夏美もうなずいていた。

「これならちゃんと、土に戻れるだろ」

そう言う守を見て、利恵も夏美も多少なりとも守を見直していた。

その石段を降りきって舗装道路に出ると、視界に広く石沢湖の湖面が拡がった。湖面に日光が反射して、ひときわ美しい絵図である。波紋が目立たない分だけ心が鏡に映し出されているみたいで、穏やかに安らぐ。

「マジに奇麗ねえ」

利恵の機嫌は元通りに軽かった。恐らく、三人でカエルを丁寧に弔った時間が、利恵の心持ちをグッと押し鎮めたのだろう。そしてカエルを丁寧に扱った守に対する見方も、相当変化したようである。心が、時の流れに育まれた。カエルが喧嘩の悲劇を見事に消し去った。

「これが人造湖だなんて、何度見ても信じられないよなあ」

湖面が、キラキラとまぶしく鮮やかに輝いている。まるで三人に、何かをそっと語りかけているようだ。波打ってはいないのに、光の波は優しく静かに寄せている。

「あの写真のあの場所あたりまで、あと五分位だよな」

「何かドキドキして来るね」

利恵が自分の胸に手を当ててそう言って、さらに夏美の手を取り、それを確認させた。そしてそれを見ていた守がふざけて利恵の方に手を伸ばそうとして、結果、利恵の痛くないエルボーひじ打ちを誘発した。

「こんなに奇麗な景色なのに、どうして亡霊なんかが写真に…。出ますかねえ」

「ホントよね。どうしてなのかなあ」

三人は湖面に沿った道路を歩き続けた。ずっと、歩き続けた。観光用に設けられたのだろう。幅セマではあるがきちんと平らかに舗装整備がなされた、歩きやすいその道を進み続けた。微風と陽光がともに、三人の歩みを静かに後押ししつつ見守っていた。

するとしばらくして、先程まで乗っていた路線バスと同じ会社、石沢湖観光交通バスの淡いクリーム色の車体が、三人を、あたかもヨッコラショッというような重い感覚で追い越して行った。恐らく、ゴールデンウィーク中に実際に乗ったあの古いバスよりも、さらにもっと古い車体のようで、エンジン音がゴィンゴィンと重い音階で響いている。機械が悲鳴を上げるというのは、恐らくこういう感じなのだろう。

「こんな観光地でもやっぱり全部、ワンマンバスなんだよなあ」

確かに側面の乗降口付近に、「ワンマン」という深緑色のプレートが貼ってある。

「観光バスじゃないんだから、今時車掌さん付きの路線バスなんて、走っていませんよ」

「そりゃあ西山みたいな人にはねえ、観光バスみたいに女性ガイドさんとか、いた方がいいんだろうけどね」

「俺だけじゃなくってさ、やっぱり観光地は何処でも華やかでなくっちゃ。ここはバスだって、見た目ボロボロのガタガタじゃないか。だけどそれがウリになっていたりしてな」

確かに、どのバスも整備はきちんとなされてはいるものの幾分疲れていそうで、あまり輝いてはいなかった。

「やっぱりここは、東京の西洋鉄道バスの系列みたいですよ。バスは全部西洋の払い下げなのかなあ」

西洋鉄道の石沢湖駅。そこから延びる石沢湖観光交通バス。東京には西洋鉄道の系列会社である西洋鉄道バスが路線をいくつも持っている。従って、夏美が石沢湖観光交通イコール西洋鉄道バスの系列子会社と結び付けて考えるのは、無理のない妥当な線ではあるのだ。

「そうだよな。東京の西洋と違うところと言ったら、バスの横っ面に孔雀《クジャク》のマークが付いていないところ位かなあ」

確かに西洋鉄道バスのトレードマークは、孔雀が羽を拡げた華やかなイラストフイルムであり、バスの側面にはもれなくそれが目立つ大きさに貼られている。何でも歌手で画家の加藤柚香のオリジナルイラスト作品らしい。一時期ニュースで話題になっていた。しかしここ石沢湖のバスには、同じようなイラストは一台だって描かれてはいない。

「確かにバスの色や形は、東京の感じとすっごく似ているわね。だけど、夏美どうして？詳しいじゃないの。西山が詳しいのは叔父さんの影響だろうし解るけれど」

利恵が言うように、夏美は迷うことなくこちらのバスが西洋鉄道バスの系列みたいだと言っていた。

「さっき、バスのデッキで写真を撮ったでしょう」

夏美がスマホを右手に掲げながら、そう言った。

「おお、おお。例の写真の件で撮るんだろうと思ったよ。車内は混んでたからな」

「デッキの上にやっぱり、運転手さんのネームプレートがあったでしょう」

乗車デッキ上に掲げてある運転士のネームプレート。その脇に同系色の薄いクリーム色のペンキで塗りつぶされた、はっきりとは読み取りづらいプレートが確かにあったような気がする。それがどうも、『西洋鉄道バス株式会社』と、黄川田夏美には読み取れたのだろうか。そしてその部分を避けるようにして、『石沢湖観光交通株式会社』と刻んである、比較的新しいプレートがネジで打ち付けてあった…。

「デッキの上に塗りつぶされた『西洋鉄道バス』の古いプレートが貼ってあった気がしたんで、とっさに写しに行ったんです。結局、ダメだったけれど…」

しかしそれは、ウソだった。そんな、見える見えない、写す写さないよりも先に、夏美はスウッと、本当にスウッと、バスに近づきスマホをそこに向けて写そうとしたのだった。

「ここのバスってやっぱり、『西洋鉄道バス』の払い下げですよ」

「まあな、確かに系列会社だよ。旅行のパンフにさ、西洋鉄道の名前も載っていたし」

「そう思うよ、私も。親会社の払い下げでもなければ、あんなに古いバスを走らせてはいないわよ。まあ観光地だし、レトロ狙いっていう線が確かにあるのかもね」

巷では、バスも電車も機関車も、レトロ調復古調の線がファンの間で流行っている。話が逸れるが、別のダムで走っていたトロリーバスがマニアの要望でスクラップを免れ、現地に展示されているらしい。そんな話も巷の話題になるほどである。

「私達が初めて来た時のバスも、西洋鉄道のバスだったのかしら。あれも結構古かったなあ」

「間違いないさ。だって系列なんだから」

そんな共通の話題を肴にしているうちに、目的地が近づいてきた。守が立ち止まり、利恵も夏美もそれに合わせた。そして湖面側から山側に道路を横断した。交通量も都会と比べれば雲泥の差で極めて少ない。自然のおおらかさが身体の動きに無理なく共鳴して来る。それから再び数十メートルほど歩き進んだ。そのあたりに車のすれ違いがスムーズに図られるように大型車一台分ほど幅の拡がった溜りのエリア部分があり、歩道もそれに従ってふくらんでいる。三人はそのふくらみのちょうど中ほどまで進み、立ち止まり、お互いを見合わせた。

例の…、ここだね、という具合に…。利恵がショルダーからドライフラワーを取り出した。夏美は自分自身の好物でもあるオレンジフレーバー付きのミネラルウォーターを取り出した。そして守は何を思ったのか焼き芋まんじゅうを二つ取り出して、すでに置かれたドライフラワーとペットボトルの間に供えた。

　両の手を合わせ、眼を閉じて三人は祈り、そして再び眼を見開いた。

「こんなお花を、この土地の先祖の皆さんは地元の人から毎年、嫌というほどいただいている筈ですよね。それなのに…」

「そうよ、そうよ。それなのにスマホ写真にヌッと出て来るなんて、少しわがままで贅沢な気もするわよね」

　さらに守が場の雰囲気に乗って言った。

「ホントだぜ。人騒がせだよ。少しは反省して貰わなきゃなあ、亡霊さんには」

　ヤケに口調がキツかったので、夏美も利恵も顔を見合わせ多少反発係数を高めた。

「あのねえ、そんなことを言ってると西山ねえ。今度は、その亡霊さんが西山にとりつくんだからね」

「♪ボーレー、ボーレー、それぇはボーレィー」

　何処かで聴いたことのある旋律だった。

「あのねえ西山」

「あぁ！　西山先輩の背中！」

　夏美のその声で守がギャーッと叫んで、それが湖の水面、ミナモを巻き込んで響き渡った。

「何、何、何？」

直前までおふざけ冗談をしていた西山守なのに、転じてかなり表情がこわばっている。夏美も、そんなにキツイ恐怖を守に浴びせるつもりは毛頭なかったのではあるが…。

「先輩のジャンパー背中のイーグル刺繍、カッコいいですね」

それを聞いた途端、守がガックリとズッコケた。

「ふざけんなよ。おどかして。変な言い回しをするんじゃないっていうんだよ」

ジャンパーの背中のイーグル全面刺繍を、夏美は話題にしたかったのだ。

「イーグルがカッコいいって駄目ですか？　私、真面目に言ったんですけれど」

「紛らわしいんだよ、…ったく」

相当のダメージをくらった様子だ。転じた顔色が状況を物語っていた。

「恐がってる、恐がってる。ねえ、夏美。西山ったらマジに恐がってるよ」

「バカ言うんじゃねえよ」

やっぱり守はちゃんと真面目に怒っている。収拾がつかなくなったので、夏美はズルいとは思ったが左手の人差し指を目尻に当てて、軽めの泣き仕種をそこでヒト間一呼吸挟み込んだ。小泣き仕種、位である。守のそれ迄の「成和館小演」での練習シナリオには無かったそんな泣き仕種だが、夏美は自宅で鏡を正面にして、その泣き仕種の練習を密かに実践したことが何度かあった。そしてそんな仕種を眼にした守は慌てて、後輩に対する怒りの矛《ほこ》を無理なく自然に収め出していた。逆に、大声を出して悪いことをしたなと反省すらしているようだ。利恵は夏美の様子を横から高みしていて、夏美には悪気は毛頭無かったのに、守には予想外に大きな波長で伝わっちゃったのよねと、夏美の肩をそっと抱いていた。そして夏美は夏美で、守がすぐに怒りを収めてその上さらに優しく接してくれたのは、この土地の先祖の皆さんが静かに見つめてくださっているからなんだわと、強く感じていた。

# 第四章／あの古いバスの経歴

いつものようにブティック「虹色」のバイトが引けると、自宅までの鉄道二駅なんかまるで何も考える暇もなく短いし、ボーッとするいとまもなく直線だし、ただただ帰宅までのルーチンをこなす機械とか歯車になったみたいに、自分自身が小さく情けなく感じてしまう。しかし黄川田夏美はその晩、ある事柄について考える為の束の間の時空のポケットとでも言えばいいのだろうか、緩い時間の隙間が欲しかった。少しだけ座りたいなと感じていたのかも知れない。…とは言うものの喫茶店にでも入ってしまえば絶対に、時間単位の長過ぎる隙間にハマってしまう。そうなると結果、家に帰ってから細かいことまで根掘り葉掘り、母や妹に心をこじ開けられてしまう。…そんな悪循環にはまってしまうのは確実だ。幸か不幸か父親は九州の福岡に単身赴任しているから、直接の叱責や小言の攻撃はないものの、なりゆきによっては母親にオンラインで、夏美が夜遊びして来たと大袈裟な連絡をされてしまうかも知れない。あと十分、いや、五分でもよかった。夏美は結局自宅の最寄り駅の待合室に入り、スマホを動かし出した。エアコンが効いていて、その上車両から降り立った帰宅客がわざわざ待合室に寄って行く訳もなく由もなく、ガラス張りの空間の中は人もまばらで存外心地が良かった。

夏美は知りたかった。気に掛かっている事柄がノドの奥に引っかかっている魚の小骨のように、先週の石沢湖日帰りの旅からずっと、心の内に図らずもぶら下がっていた。日帰りの、あの日。帰りのバスの車内を写した際には「石沢湖観光交通」の新しいプレート脇に、「西洋鉄道バス」の塗りつぶしたプレートが貼ってあった。これは間違いない。スマホ写真にもそれらしく写っている。しかし、もはやだいぶ前の話になってしまったが、初めて西山守と広田利恵にくっついて訪れた、石沢湖一泊二日のゴールデンウィーク小旅行のグングンワイワイ。あの時の古い路線バスでは確か、塗りつぶしのプレートが「東西鉄道株式会社」だったような気がするのだ。はっきりしないがやっぱりそうだったのでは、位の思い出しだ。夏美自身のスマホ写真を見直しても、その部分が明白に映し出されている訳ではない。ただただ、夏美がおぼろげな記憶を逆回しして得た信憑性のないぼやけた映像に過ぎないのである。だから夏美はスマホの検索で、西洋鉄道バスと石沢湖観光交通を、取り敢えず順番に調べてみた。さらに東西鉄道株式会社も…。しかし東西鉄道は、西洋鉄道とはやはりライバル関係で、全く別資本の大手私鉄同士であり、ましてや西洋鉄道バスの関連会社である石沢湖観光交通は、東西鉄道とは資本のしの字も関わりがないことが解った。あれはやっぱり私の見当違いとか見間違いだったのかしら。黄川田夏美は自分がバスの車内で写したスマホ写真を再び見つめながら、そうつぶやいていた。

＊＊

成和館学園大学では夏休み後に、前期集中試験が期間を二週間程度かけて行われる。そして試験休み、通称「秋休み」が十日間ほどあって、そのあとに後期の講義が二月の大学受験シーズン直前まで論文試験コミコミで、結構タイトな日程盛り沢山に進んで行く。従って夏休みは前期試験の直前であるからして、その長い休み期間の後半に当たる八月の末頃は、クラブ活動よりも定期試験の準備ということになってしまう。つまりすなわち休み前半の七月からお盆あたりにかけてが、どの部でもどのクラブ同好会でも合宿やら練習やらでシーズンたけなわ、連日大忙しとなるのである。

西山守、広田利恵、黄川田夏美達三人が立ち上げた「成和館小演劇同好会」も例に漏れずに休み前半八月上旬に合宿する予定であったが、新入部員三人のうち二人が帰省、もう一人が何と退部と、最早合宿どころか同好会の体裁を維持することすら危うくなってしまった。退部の一人はやはり、大学本部学生課公認の弁論部に引き抜かれて移籍してしまった。危惧していた通り、困った困ったと言いながらも残った三人で再び小演劇同好会員の勧誘をし始めたのだが、これがなかなか曲がりくねってうまく進んで行きはしない。どうしても文科系は大学本部学生課公認の部活動、例えば演劇部などは完全に夏美達の小演劇同好会とはカブってしまっているし、人気の英語部やら弁論部、さらには体育会系の各運動部まで、成和館にはゴロゴロと目白押しに看板を並べているのだ。そもそも守も利恵も最初は、就職面接に有利だろうなどという甘い考えで作った「成和館小演劇同好会」である。こうなってしまうのも眼に見えていたと言えばその通りなのではあるが、夏美は少しばかり、立ち位置が先輩達二人とは微妙に異なっていた。もう少し続けたかった。格好良く言えばこの同好会で学びたかった。だから利恵や守が同好会を引退するまでのあと半年の間には、仲間を絶対に増やそうと心底決意していた。それこそ軟式野球同好会でレギュラーになり切れないでいるコタニとか、ラグビー同好会のそれほどメチャきつい訳でもない練習にさえ、なかなかついていけないと嘆いていたイダテンことシンバル君にも、夏美はしばしば声を掛けていた。

そのような個々様々のいきさつもあり、たまたまラグビーのイダテンと話をする機会が出来て、夏美は本部部室や同好会室が入っている学生棟からは、少しばかり距離的に離れてはいるが落ち着ける「成和館憩の池」のベンチで、勧誘の最終段階に入ろうとしていた。この際放課後に「スマオーミ」にでも誘ってお茶でもしながら、という「特別接待コース」も考えてはいたのだが、少し躊躇《ためら》いがあった。何となく、まだ守と利恵の影を踏まない方がいいのかも知れないなと感じたのだ。本当にイダテンが「成和館小演」に入ると言ってくれてからでも二人に紹介するのは遅くないわと、夏美は自分自身を納得させていた。ところが、なのである。予定にはない展開が…。

取り敢えず我が同好会員一人は確保出来たかなと皮算用しながら、次もやっぱり運動部、野球の男子とかバレーの女子あたり。同じクラスにはあんまりクラブ活動に積極的なヒトはいないけれど、運動部員への勧誘がダメなら自分のクラスにも声を掛けてみようかな、照準を定めてみようかなと、あたかも人材派遣会社の営業職みたいに黄川田夏美は仲間づくりに励もうとしていた。と、そんな中…。

「イダテン、じゃなくて、シンバルなの。そのシンバルツヨシ君が…」

「にいはら、だろ、にいはらつよしだろ、イダテンの本名は」

講義資料のコピーを読もうと寄り道した、学生食堂に併設してある喫茶店のテーブルで、西山守を目ざとく見つけた黄川田夏美は、守の取り巻き周囲にいた「メシトモ」の先輩達に割り込んで、無理矢理どうだと言わんばかりに積極的に話を続けた。何故か、伸び伸びと羽を伸ばせた。そういう状況下ではどういう訳だか先輩達に囲まれても、グイッと勇気が湧いて来る夏美なのである。もしかしたら、先輩達だ、何でも大目に許してくれるぞ、という何と言うのか、一種の甘えのような精神構造が、案外夏美の中に生じているのかも知れない。

「ちゃんと正しい名前で呼んでくれる人は、子供の頃からあんまりいなかったんですって」

夏美は、イダテンことシンバル君が成和館小演劇同好会、略して「成和館小演」に興味を示していること等「成和館憩の池」のベンチで話したことを、守につぶさに伝えた。憩の池でのシンバル君の感触が良かっただけに、守にはもう正直に話してもいいかなと、夏美は結構ベラベラと話し続けた。その余波で、後輩の夏美に気を利かせようとしているのか、守の学生食堂における「メシトモ」達は男子も女子も徐々に徐々に、他のテーブルに移るのか中庭の芝生を目指すのか、めいめいの飲み物やら食器やらを片付けるのか、プレートに載せたまま持って立ち上がり遠ざかって行った。

「気ぃ利かせたつもりなんだぜ、あいつら皆。…何かさあ、こんなんじゃさあ、ダンナがヨメと二人で話し込んでいるみたいじゃあ、あ、ないかいぃ」

守が例によって歌舞伎調子でふざけた。

「じょ、冗談じゃや、ありませんよ。まあ、兄妹《きょうだい》みたいだっていうのなら許容範囲かな」

「それはいいとしてさ、そのイダテンが成和館小演への移籍さあ、オーケー行けそうだっていうんだろ」

「じっくりとシンバル君に話してみたんですよ」

「だから、にいはら、だろ」

「本人に確認したから間違いないですよ。沖縄県の出身で東京育ちですって、シンバル君」

「へぇ。ずいぶん細かいことまでお話し合いになったんだな、お二人サマサマは」

そう言いながら、守も自分のプレート上の食器を片付け始めたので、夏美は守の立ち上がりを取り敢えず掌で制して、そこからさらに延長戦の雰囲気を無理矢理作り上げ、話を続けようとした。午後の講義開始までにはまだ二十分程度は時間が残っている。それが頭にあった。午後一番の守は、確か休講ではなかった筈だ。そして徐々に学生食堂に併設されているその喫茶店テーブルの学生客は、数を減らし始めている。講義に向けて潮が引き始めていた。

「イダテン、いいえ、シンバル君にあのバスの話をしたんです」

「何でそんなことまで…。女の胸の話とか古いバスの話とかも？」

夏美はうなずいた。どうも、あの古いバスの履歴に何か秘密があるのではないかとか、レトロバスの流れを調べてみようと考えているのだ、とかいう詳細まで口に出したらしい。

「意味ないよな、そんな。シンバルかカスタネットか知らないけどさ、そんな素人に相談したって仕方がないよ。どうしようもないだろ」

「そこなんですよ、西山先輩」

急に夏美が大声を出して守を攻めたものだから、守の方は腰を引いてかなりたじろいだ様相で夏美を見返した。こいつ、意外に勢い風を吹かせられるヤツなんだなあ、と…。

「シンバル君も全くおんなじことを言っていましたよ、西山先輩と」

そうだろうそうだろうと守は、今度は逆に演技で胸を張っている。

「でもねえ。そこからが西山先輩とは少し違っていて。やっぱり、シンバル君みたいな第三者の意見も大切なんだなぁと…」

話題に上った、そんなラグビー同好会を辞めちまいそうなセミレギュラーには負けまい、とでも思ったのか、西山守は肩を少々イカらせて、胸板マッチョで厚いやろとでも言いたげに姿勢を正した。

「何が第三者だよ。大したこと、出来はしねえだろ。ただただ毎日ボールの取り合い奪い合いで陣取り合戦をしているだけの同好会でな」

「でも、シンバル君は言ってくれたんですよ。確かに自分は何も解らないけれど、そんなバスを調べるのなら、そのバス会社に訳を正直に話してみるのが一番ですよ、知り合いがいればその人に訊いてみればいいんですよって。私、全部自分で調べようとか自分勝手に決め込んじゃっていて、他が何にも見えていませんでした。本当に独りよがりで」

　自分の知らない外野で話がヤケに進展しているようなので、守は少々焦っている様相だった。そして腕時計を二度見直した。小芝居みたいなコジャレた演技ではなさそうだった。

「西山先輩が現地で声掛けしてくれて、その上利恵先輩も私もちょうど具合よく顔見知りになった、石沢湖観光交通の運転手さんがいるじゃないですか」

　守は一瞬返答が遅れた。もしかしたら守にとっては、そろそろ忘れかけている程度の出来事だったのかも…。その程度の感覚なのか。あの時は自分から話し掛けていたクセに…。

「あ、ああ、ああ、ああ。あの女性ドライバーさんね」

　何とか守は自分が声を掛けた早崎美子似の女性運転手を、記憶の箱から引き出して来た。

「私、メールとか手紙とかファックスでも何でもいいけれど、彼女にアタックしてみるつもりなんですよ、西山先輩」

　言葉に勢いが並走していた。何となくうまく行きそうな予感が漂っていた。

「ただなあ、そんな休憩所のベンチで一度会っただけの若い学生観光客の言い分でな、バスの履歴なんて教えてくれるのかよ。年季の入った社会人ドライバーだぜ、向こうはさあ」

　夏美はそういう返答が戻って来るのをまるで予想していたかのように、自信を持って西山守に応じ出した。心が多少急《せ》いていた、というか何となく気持ちの方がはやって、過熱気味の内部エネルギーで勢いに任せて進んでいた。早く次の場面にコマ送りをしたいな、という感覚だったのだと思う。

「あの、西山先輩。西山先輩の叔父さん…。あのグングンワイワイ、じゃない、ゴールデンウィークの一泊旅行では随分とお世話になった『オール関東西洋トラベル』の叔父さんは…。当然あれからもずっと変わらずお元気ですよねえ」

守は一瞬の短い沈黙の後、夏美の遠回しに過ぎる質問の意図が解ったということなのか、両手を大げさに大きく拡げて、これまた大きくため息をついた。守の午後イチの講義開始まではもう残り時間が少ないな、という切迫感が、夏美に向けて眼に見えぬ味方をしてくれていたのかも知れない。

＊＊

広田利恵が、難関だがレポートと五分間スピーチだけで単位を取れるという噂の「興行演劇成立理論」の講義を受けた後、講義の合間には結構学生でにぎわうのが常の学生棟、その学生棟四階にある「小演劇同好会」の部室に戻って来た。その時も学生達で、恐らく複数の休講が発生したのだろう、結構フロアがザワついていた。そしてそれに合わせるように、箇単に単位が取れるなんて真っ赤な大ウソじゃないのかしらと、利恵は一人、部室で小言を飛ばしたりしていた。すると、一、二年の低学年の間に普通なら単位を取る筈の体育実技選択必須枠で、何故か遅ればせながら三回生になってから、バトミントンなんて難しい種目を実技に選んで受けている西山守が、それこそ汗みどろになって体育館から戻って来た。そして単位を取るのはマジ大変みたいやなあとか、これをあと半年もやるんやなあとか他人事みたいに利恵に口走った後、思いがけない情報をこれまた、パイプ椅子で寛《くつろ》ぐ利恵にもたらした。

軟式野球同好会のコタニには失敗したが、あのラグビー同好会の「モザイクイダテン」こととシンバル君が、黄川田夏美の「成和館小演」への勧誘に乗って来そうなこと。そしてそのイダテンに夏美抜きでたまたま会って話す機会をもった守が、マジ本当かい、それは、と、そのシンバル君の話す内容を聞いて驚いたこと驚いたこと…。

「自分自身の『シンバル』なんて苗字は絶対にまず他では遭遇しない苗字だから、黄川田っていう珍しい苗字も、同じようにしっかりと子供心に記憶に残っていたんです」

そのようにシンバル君は学生食堂で、西山守オゴリの「成和館特製焼きそばパン・紅ショウガ付き」を頬張りながら、吐露したのだという。それによれば、そもそもシンバル君と黄川田夏美は同じ東京都下の公立小学校出身で同級生。確かに成和館学園大学でも同じ二回生で、法学部のシンバル君と文学部の夏美だ。しかしその経歴というか平たく言えば生き様というか、それまでの生き方の内容や方向が、まるでまるで異なっているのだった。夏美は今ではすこぶる元気一杯なのに、子供時代には身体が弱かったようだ。そして同級生だったとは言うものの、シンバル君とは小学一年の始め頃、それも半月弱位しか一緒ではなかった。つまり夏美は小学校入学後すぐに長期欠席に入って、シンバル君の記憶からは完全に消え去ってしまったのだ。そんな夏美と「成和館小演」への勧誘で会った際には、夏美の方が昔の詳細をあまり喋ろうとはしなかったので、シンバル君もそれ以上は詮索しなかったが、夏美がいなくなったのはどうやら病気の所為《せい》らしい。多分夏美は一学年下のクラスか別の小学校に、次の年度には編入したのではないかという。一方シンバル君の方は親の仕事の都合で、沖縄県で生まれ東京の西部にすぐに移り住んで平々凡々。運動が特に好きだということもなかったが、頭が特別にキレキレで冴えているという訳でもなく、それこそ何でも中位の平々凡々そのもの。そのまま公立の中学高校へと進学した。クラブ活動は運動部ではなく、何と軽音楽のギターバンドを組んでいたのだという。そして大学受験は文系で現役の年に運悪く失敗。それから一年「長谷田ゼミナール」で浪人して成和館学園大学の法学部に進んだのだという。

「それって、間違いないの？　夏美と、シンバルっていうか、イダテンとのいきさつ」

「憩の池で夏美と話した時に、小学校の名前まで確認したって。同じ学校の同じ学年だったから多分間違いない、ってさ」

「…てことはよ、あの二人は同じ学年の幼馴染だったっていってもよ、途中の履歴が全く別物になっちゃっていて、偶然大学で思いがけずに合流、っていうこと？」

守は、そうだよウンウンと、汗をふきふき髪を整えながら頷いた。そして利恵にしては珍しく、卓上クーリングボックスに入っていた「二リットルウエモンペットボトル」から紙コップに、自分の分だけではなく守の分も注いでやった。

シンバル君は、おぼろげに「黄川田」という珍しい名字だけが頭に残っていた。何かあまりにも景色が薄くて覚えていない、というのが正直な感じ感覚だったらしい。遠い日を探すのは難儀だったようだ。入学式があってから五月のゴールデンウィーク前には黄川田夏美はもう、クラスにいなかったのでは、と…。しかしそれでも普通なら、相手が同窓生でかつ同級生だとか解れば、それなりに喜んで昔話に花を咲かせようとするのではないだろうか。

「言いたくないこととか思い出したくないことが、誰にでもあるんじゃやね？」

ウエモンを飲みながらそんなことをズラズラと喋っているうちに、それほどの時間を費やすこともなく、その話に一段落がついた。利恵はどちらかと言うと夏美やシンバル君の過去にはそれ以上特段の興味も示さず、自分のスマホを見つめながら残り時間をやり過ごすようだった。しかしそんな利恵が突然何を思い出したのか、急に視線を上げて守を見た。急な仕種だったので、守はまた何か自分がやっちまったのかなと疑心暗鬼になって、俺はやっちゃいねえと…、恐れた…。

「な、何だよ急に」

「言うことを忘れてた」

守は、それがやや外れた間の抜けた感覚だったので、受け腰でつんのめった。

「あの、例の石沢湖の写真なんだけれど…」

そんな利恵の話によれば、あの時に写したスマホ写真で女性の胸らしき像が写っていたのは、利恵の一枚と夏美の一枚である。その二つの写真の胸が、全く別人のものじゃないかというのである。

「どうしてそんなことが利恵に解るんだよ」

「私のスマホ写真に写っていたのは、恐らくCの85位よ。でも夏美の写真のアレは小さく写っていてはっきりとは解らなかったけれど、見た目Aの80位の感じよ。全くの別人。女性なら普通に見て直感的に解るわよ、そんな違いは」

平たく言えば利恵の写真の方は、バスト85のどちらかと言えば大柄。夏美の写真はバスト80の細身ということで、女性ならば見た目で何となく解るというのである。

「Aって、トップとアンダーの差が10センチだよな」

「そうよ、って、どうしてあんたがそんなに詳しく、トップとかアンダーとかサイズのことを知っているのよ」

「それは、それは男の一般常識としてさ、ただ何となく」

「…ったく。いやらしいわね」

いやらしいは無いだろうよいやらしいは、と守は文句の一つでも言おうとしたが、喧嘩に発展しても自分が負けるだけだと思い、そこは自重した。

「今から思うとよ、夏美は自分から積極的にあの写真を見せようとはしなかったでしょう。私は私の写真が自分じゃないって解ったから、すぐに見せたけど」

言われてみれば「スマオーミ」で集合した際には、利恵の写真を見て夏美が驚いて、それから夏美自身のスマホ写真をスクロールして確認して、あの小さく隅に写った女性の胸を発見したのだ。

「確かに積極的には見せようとはしていなかったのかな。夏美はさあ、あれが自分のお胸サンだとオオムネ、解っていたんだったりしてな」

ふざけた分、また利恵が怒り出すかなと、守はやや身構えていたのだが…。

「実は私もそう思うのよ。間違いないと思う」

意外な展開に守は再びつんのめり、ややテンポが鈍った。

「な、何でそんなことが言えるんだよ。納得のいく説明をして貰おうじゃないかい」

「ゴールデンの旅行前に、アンダーを近所の、ホラあそこ、『ウニクロ学園駅前店』に買いに行ったもの、夏美と一緒に。彼女割とスリムサイズだった…」

なるほど、これは事実に基づいていて説得力があるわな、と守は思ったようだ。…とするとどういうことになるのだろうか。夏美はあの写真二枚を見比べて別人だと積極的には言わなかった。自分のスマホ写真の方が自分自身の胸なのかも知れないということを、利恵や守には知らせたくなかった、ということになるのか…。

「取り敢えずやっぱり、知られたくないことも夏美にだってあるんじゃやね、ということにしておこうよ。詮索しないでさ。それと、まだ夏美には話題にしないことにしようや」

話が一段落したその後、今度は守が、夏美から先日もう少し例の石沢湖のバスについて調べてみたいと吐露されたこと。そして系列にあたる『オール関東西洋トラベル』で営業を勤める守の叔父に、石沢湖のバス会社へと口添えして貰うよう頼んだことを話した。それは守もまた、あの「写真の秘密」をさらに追ってみたかったからに他ならない。何というのか、食事はもうとっくに終わったにもかかわらず小骨がノドにいまだに引っかかっている、というような快くない気になるジクジクとした感覚…。

「口添えって、誰に何を?」

利恵に話が見えるように、西山守は話の筋を今少し丁寧に辿《たど》った。そんな守も、その後の叔父と夏美のやり取りメール複数回の一部始終を知っている訳も由もなく、どちらかと言えば夏美の行動力なり判断力に丸投げしていた。だがしかし多分これで、黄川田夏美が石沢湖観光交通バスの運転手アラフォー大野好江に、手紙やメールを突然送って質問したとしても、まるで相手にされないなんていうことは、これでなくなったんだろうな…。そういうふうに守は漠然と考えながら、机上に残っていたポテトチップスバーベキュー味に手を伸ばしていた。

腕時計を見ればその盤面が、次の講義開始まであとわずかの時間しか残ってはいないぜ、と強く言い張っている。守はやや慌てた。そして学生棟の四階フロアは、いまだに残っている学生でザワついてはいたものの、そんな中を利恵は利恵で、守が気付いた時にはもうすでに部室を出て次の講義室へと足を運んでいた。その一方で、俺はねえ、コップの中のウエモンだけはしっかり飲み干してから講義室に行くぜ、と守の心が言い張っていた。

＊＊

#好江「管財課の資料から調べたから間違いない事実なの」

@夏美「一台だけ東西鉄道バスから、っていうことはないんですね」
#好江「うちの会社の所属バスは、全部西洋鉄道バスからの移管です」
@夏美「全部ですか。ありがとうございます」
#好江「それから石沢湖周辺でのうち絡みの人身事故はございません、念の為」
@夏美「すみません大野さん、いろいろと。どうしても気に掛かっちゃったものですから」
#好江「お役に立てて本望よ。またおいでね、三人で。親会社さんの紹介ならもう、何度でもおいでおいでよ。よろしくお伝えくださいと、上司も言っているわよ」
@夏美「是非また伺います。お元気で。それから東西鉄道バスの金属プレートの件は？」
#好江「ジャネ〜」

黄川田夏美はバイト先であるブティック「虹色」の休憩タイムに、ストックヤード裏の階段脇で何度も何度も、大野好江運転手とのメールのやりとり文面をスクロールして読み返していた。あの一台だけが東西鉄道バスからの払い下げで、多分払い下げ価格が安かったりして石沢湖に流れて来た…。つまり絶対に何らかの訳ありバスだったんじゃないの？　そんな疑問が、夏美の心に重石のように引っ掛かっていたのだ。だから夏美はそのようにアタリをつけてから大野好江に尋ねたのだが、それは残念ながら空振りに終わったようだ。しかしまだ、すべてが闇の中へと立ち消えになった訳ではなかった。それに、バスの入り口脇の塗りつぶされていた金属プレート。その件については、メールの中の大野好江運転手は敢えて具体的に回答せずに茶を濁していた。咄嗟に夏美は、もしかしたら詳細を答えないように上司から言われているのかも知れないわと自重して、深入りせずにメールでの質問を終えた…。文面から漂う空気を読み取っていたのだ。ダークマター、とでもいうのか、その影はますます濃くなった気もしていた。

バスの寿命から考えれば石沢湖観光交通での直近三年間は、ごくごくわずかな期間だろう。それでは、石沢湖以前にあのバスが過ごした西洋鉄道バスとしての期間に、何か特別な事柄が生じたなんてことは無いのだろうか？　そう考えながら夏美は、今度は自力でその先を掘り進めてみたかった。乗りかかった船だ、という心持ちが強く後押ししていた。

あの胸が写った時の最初に乗ったレトロバスが、他の石沢湖観光交通バスと何らかの違いがあるのかも知れない。二度目に行った時、つまり運転手の大野好江やら畑岡輝太郎似の昔語りのじっちゃんに会った際に乗ったバスは、他の石沢湖観光交通バスと同じ流れ、つまり西洋鉄道バスからの普通の払い下げ、というか移管…。

夏美は、調べる方法はいろいろ考えられるわと、そう呟きながらスマホのスイッチを切って「虹色」の店内でのバイトに戻って行った。直近の現実が夏美の眼の前に、しっかり仕事をしなさいよと顔を現わしていた。

＊＊

トータルでバスの寿命はどれ位かとパソコン調べをしてみると、東西鉄道バスだろうと西洋鉄道バスだろうと、路線バスなら高速バスとは異なって一日単位の走行距離は短いし最高時速も低いから、十五年程度は走行可能でいられるらしい。また大野好江運転手の話から、石沢湖観光交通ではあの最初のバスはまだ、石沢湖では丸三年程度の稼働のようである。…とすると寿命が十五年として、丸十年程度は他のバスと全く同じであるなら、西洋鉄道バスとして都会の喧騒の中をアクセク毎日走り回っていた可能性が強くなって来る…。

そんな予測を頭の中に立てながら、黄川田夏美は空いている時間を使って成和館学園大学総合図書館の資料検索室を利用してみることにした。

授業の最終が午後五時半まで。「近代日本文学論」だった。勿論研究室が多数あるので図書館は五時半終了ということはなく、午後九時までは中にある閲覧室も利用出来る。夏美は途中、心配電話で遮られぬように、前もって成和館の総合図書館にいるとメールしておいた。妹が、いかにも勉強家風なふるまいだけど何か怪しい、などと挑発返事をして来たが放っておいた。そして何度か図書館を利用して顔見知りでもある司書の上平《かみひら》さんに対しても、最終の閉館時刻を確認してから検索室のパソコンに向かった。物静かな館内。検索室へ足を運ぶ途中の閲覧室で、やはり顔見知りで優秀なクラスメイト数人と一言二言交す機会があったものの、図書館の閲覧室という私語があまり歓迎されない場所故、素通りに近い位の感覚でやり過ごすことが出来た。まさかそんなに遅い時刻まで、観光地の路線バスの寿命やらバス関連のニュースやらを検索室で調べているんだなんて、まともにそんないきさつや理由を説明しようにも、それは夏美にとっては非常に難儀で辛い時間を要する訳であって…。

あの時の古い路線バスの感じだと西洋鉄道バスとして走っていたのは、石沢湖での二、三年間を差し引いて、どんなに長くてもそれより十五年前位から。そのあたりから調べれば、何かしら関連記事が出て来るだろう。一番販売部数が多くて支持されている「毎朝経済新聞」を中心に、一年ずつ今年に向ってさかのぼって行く形で調べ出した。検索のキーワードは「西洋鉄道バスの話題」で始めたが、ヒット件数があまりに少なくて不安になって来たので、「路線バス」で初めから新聞記事検索をやり直した。あの古い雰囲気の車内。中央のポールとか上下開閉式の窓とか、どう考えても観光バスであるとは思えなかった。だから路線バスとあえて絞り込んで検索してみたのだが、十五年前から五年をさかのぼっても、「幼稚園児童に嬉しいバス貸し切りでの動物園めぐり」とか「バス側面に期間限定でパンダマーク」とか、「ボランティアがバスの日にボディーを手拭きの感謝デー」とかそんな類いの、西洋鉄道やら石沢湖とは直接あまり関わりが無さそうな記事しか出て来なかった。

そこで今度は思い切って「バス事故」で検索し直してみた。万が一事故でバンパーこすりとか比較的軽い車両破損が生じたとしても、それは走行距離には基本的にはあまり影響を及ぼさないだろう。つまり軽い事故なら板金などの修復作業を経て、車両はすぐに現場復帰出来るのではないかと考えたのである。しかしそのワードでも、あまりうまい具合には検索ヒットしなかった。転落事故やら水没事故、衝突大破等、今度は悲惨な事故の記事が幾つか出て来て、黄川田夏美はついついそれらの記事に見入ってしまったのではあるが、西洋鉄道とか石沢湖に関係のある事故記事や事件記事には、ついに当たらなかった。

もうすでにさかのぼること十二年分。石沢湖観光交通バスとしての三年間に到達するまでにあと三年分というところまで来て、図書館の終了十五分前を知らせる音楽が、緩いメロディー調でスピーカーから流れ出した。…溜息。あのバスの古さで石沢湖観光交通バスに三年、その前の会社西洋鉄道に三年、合わせて六年間しか稼働していないなどということはありえない。絶対そんなに新しい筈がないわと夏美は諦めて、その年の分までは取り敢えず終えてしまおうと、あとぎりぎり十分ほど粘ろうと決めて検索を再開した。結局やっぱり私の検索の方法が悪かったのかしら、甘かったなと、夏美は自信を失い、しょげかえっていた。

…と、その時。バス事故はバス事故なのであるが、衝突とか転落とかそういう大きな破損のない事故。所謂《いわゆる》人身事故が一件ヒットした。

「こ、これは何？」

夏美は眼を精一杯見開いて、パソコン画面のその記事内容をしっかり理解しようとしていた。総合図書館での残り時間はもうゼロである。カラのＵＳＢメモリーなどを都合よく持ち合わせている由もない。そもそもＵＳＢとかＳＤカードとか、勝手に使える訳もない。終了のメロディーまでもが無情に終わって消えた。明日までこの記事の詳細を知らぬまま我慢するなんてそんな無慈悲な、などと心のうちで嘆きながら、黄川田夏美は新聞雑誌記事コピータイムがすでに締め切りとなっている事務窓口に、プリンター付きの有料ＰＣで何とかもう一度だけやらせて貰えませんか、とイレギュラーな無理を上平さんに告げることもままならず、その日の「仕事」をすべて終えた。

第五章／

# 写真の秘密

　それは今から六年ほど前に印刷され販売配布された、毎朝経済新聞の東京都内版の記事であった。西洋鉄道バスに関する記事が見つかるだろうとばかり思っていたにもかかわらず、大きな見込み違いがあった。明るみに出て来たのは西洋鉄道ではなく、東西鉄道バス関連の記事であった。

【『乗客、バスのデッキに倒れ込み死亡』
15日午後2時40分頃、杉谷区神川町1丁目の平松坂交差点付近で同区真柄町2、成和館学園大学法学部大学院聴講生、寺井君子さん（31）は、乗っていた杉谷車庫行きの東西鉄道バスが右折した際、後部出口のデッキに後頭部から倒れ込んで意識不明の重体となった。】

成和館小演劇同好会部室の中央に備え付けられた丸テーブルには、飲み物やら食べかけのスナックやら読みかけのシナリオ演劇雑誌等が無造作に場所を占領している。そしてその飾り気のないテーブルスペースを、申し訳程度に小さな花瓶と赤いバラの造花がかろうじて色付けしている、という構図だ。西山守と広田利恵は午後から研究室。黄川田夏美は一般教養科目の英語B。そしてその日からは新顔と言うか、もうすでにラグビー練習の「モザイク事件」で名前と顔が売れてしまっている夏美と同学年の二回生、イダテンことシンバルツヨシ君も午後の講義を前に足を運んで来ていた。

【…倒れ込んで意識不明の重体となった。付近にいた乗客が、同バスの松谷満運転士（38）に知らせたので、バスは平松坂交差点から約50メートル走行した地点で路側《ろそく》に停車し、寺井さんは通報でかけつけた救急車で最寄りの島場《しまば》相峰《そうほう》病院に収容された。しかし寺井さんは首の骨が折れており、同日午後11時25分死亡が確認された。杉谷警察署の調べによれば、寺井さんは両手に荷物を抱えたまま座席から立ち上がった。ちょうどバスが右折に入るタイミングと重なった為、寺井さんは勢いで後頭部から車両中央後部の降車口デッキへと倒れ込んだらしい。】

「そんな秘密が隠されていたのかよ」

夏美の音読を横のパイプ椅子で聞いていた西山守は漠然と、それはそれは意外だったな、という心情を表情に隠すことなく表していた。一方夏美の方は、いくら東西鉄道のバスであっても、うちの寺井君子先輩が亡くなっているという事実が消えることなんかないのだから、あの石沢湖の胸の写真のレトロバスはやっぱり、その東西鉄道の寺井先輩が亡くなったバスである可能性が非常に強いわと、具体的に考えていた。そしてその思惑の行き先がどうなったのかと言えば、石沢湖観光交通、大野好江運転手のメール内容との矛盾となって現れ来たのである。大野好江運転手は、石沢湖観光交通バスの所属車両は全部、西洋鉄道バスからの移管だと言っている。東西鉄道は関係ない筈だ。一体どういうことなのだろうか…。

「偶然に石沢湖で、東西鉄道時代にインネンがあったバスに乗っちゃったってことになるのよねえ」

広田利恵も、考えられるそのような意外な可能性を知って、驚きを隠せなかった。

「石沢湖って…。最近また行ったんですか？」

シンバル君が恐る恐る、という感じで三人に訊き返した。全盛期の伝柳仙一郎（でんりゅうせんいちろう）みたいにガタイが良く、フェイスの方は何処となくコメディアンのザクヤマに似たシンバル君が、身体半分位しか乗っていないパイプ椅子に、それも体を縮めるようにして座って話しているので、夏美はついつい吹き出しそうになり下を向いて口を押えた。そしてそれでも自身不謹慎だと思ったのか、太腿を密かにツネって心をかみ殺してみたりもして…。

「ゴールデンウィークに、三人でミニ合宿した時の話よ」

「それでその時にスマホ写真とかの特別な事情があったから、黄川田さんがバスを調べていた訳ですね。ここのところ結構何度も、図書館を使っているらしいじゃないですか」

そうだよな、シンバル君はあまり詳しくは知らないヒトなんだよな、という感覚で三人は互いに顔を見合わせた。シンバル君も、空気が何となく読めたみたいだった。

【…死亡した寺井さんは弁護士を目指して成和館学園大学法学部に学士入学。その後大学院修了後も聴講生となり、3度目の挑戦で司法試験に合格したばかりだった。…】

つまり死亡した寺井君子さんは、同じ成和館学園大学の大先輩。その中でもさらにシンバル君とは同じ法学部の十六年という歳の差の、先輩後輩同士であった。記事の音読を終えた夏美がヤケに丁寧に、その記事の載った新聞コピーをきちんと畳んでクリアファイルに挟み、丸テーブルの上に置いた。

「こういうことかいな。あのバスは一番始めの東西鉄道バスの時代に車内で死亡事故が起きた。だから普通一般の払い下げをしないで安い値段で競売に掛けるかして結果、西洋鉄道バスが引き取る形になったと…」

「だけどそんなのはねえ、西山の推測というか単なる見立てでしょうが」

そのように利恵が言うことも尤もであると夏美も感じて、ウンウンと頷いた。確かに東西鉄道バスの時代に事件があって、その車両が西洋鉄道バス、石沢湖観光交通バス、と訳アリで渡り歩いて行った…。そう考えるのが無理スジのない流れではあったのだが…。

結局二日後、バイト曜日を挟んで黄川田夏美は再び、資料検索室のある成和館総合図書館の終了音楽メロディーを聞く羽目になった。あのバスの途中履歴をもっと深く調べてみたかったのだ。すると、西山守が推理していたように確かにバスの競売については可能性があるものの、バス単独ではなしに大型車両の競売として、関東近県で大型ブルドーザーやセメント工事関連車両等とともに売り出される事例が何件も見つかった。そんな競売の中でも目立たぬようにしたいということなのだろう、もう一台安価なダミーバス車両が用意されて、二台同時にブルドーザー等の工事車両と一緒に競売に掛けられたらしい。

あのバス一台だけの競売じゃあ、事件車両だってすぐに解って騒がれちゃうから…。だからもう一台安いダミーをくっつけたんだわ。でもそのダミーの方は、何処のバス会社とか企業が手に入れたのかは皆目解らないけれど…。

調べ終えた夏美は心の中でそんなふうにつぶやいていた。意外な展開が眼の前に拡がりつつあった。しかし尤も、以前夏美が石沢湖観光交通バスの運転士大野好江に向けた例のメールのやり取りでは、その大野好江は知ってか知らぬか、あのバスが東西鉄道バスの所属バスであったことはおろか大型ブルドーザーを中心にした競売の存在についても、一言たりとも夏美には語らなかったのではあるが…。その部分は、やぶの中のままであった。

放課後に「成和館小演」の部室には三々五々、再び同じ四人の面子《メンツ》が約束もしないのに集まっていた。同好会というか同じ所属というのか、そんな仲間意識が四人それぞれに生じ出した証しなのであろうか。テーブルの上にはやはり飲み物とかスナックが置いてあるのだが散乱しているという感じではなく、何処となく小綺麗に整っている。これは新加入のシンバル君の好影響なのか、それとも西山守や広田利恵に何らかの心変わりでもあったのだろうか。少なくとも黄川田夏美の心のうちは、それほど大そうに言えるような色の変化や様変わりは生じてはいない。…と思う。

「石沢湖観光バスも災難だったよなあ。二台のうちの事故があった方のバスが流れて来たばかりにさあ、幽霊だの亡霊だのって…」

二台のうちのあのバスの方が、さらに値段が格安に設定してあったのかも知れないわと、夏美は勝手に推測したりしていた。一方シンバル君はシンバル君で、以前よりも頭の中で話の点が線に成長して行き繋がって、流れがスムーズに摑める様になって来た様子であった。

「どんな感じのヒトだったんですかねえ。新聞には顔写真も載っていない様だし」

クリアファイルに挟まれた、夏美が調べ終えた新聞記事のコピーを見眺めながら、シンバル君がそのように呟いた。寺井君子先輩は年齢から言えば、間違いなく夏美達より一回り以上年上の筈である。

「写真までは難しいかも。成和館の図書館に資料でもあれば見つけられるかも知れないけれど、アルバムまではどうかな。ないんじゃないかしら」

「そうだ。大丈夫ですよ、黄川田さん」

間髪を入れずにシンバル君が自信を持って夏美に返答したので、守も利恵も夏美もスッと素早く視線をシンバル君に射るように差し向けた。

「法学部の資料室に名簿が全部残っている筈です。何せそのヒトは難関の司法試験に受かっている先輩だし。人数も限られているし。当然アルバムもある筈です。法律事務所とか、法律関係に就職する時の必需品ですよ。閲覧は確実に出来ると思いますよ」

「法学部の資料室って私物持ち込み禁止じゃね？」

守が一矢を報いようとしたのか、それとも負けはしまいと対抗心を燃やしたのかは解らないが、守にしては格段に鋭い口調でシンバル君にそのように質した。

「勿論私物は全部ロッカーに仕舞いますが、アルバムの写真一枚とか一ページだったら一瞬でしょう。これがありますから」

そう言ってシンバル君は、上着のポケットから自分のスマホを取り出した。

「なるほどそういうことね。それじゃその件はシンバルに任せようよ。私も寺井さんだったっけ、寺井先輩の顔写真を見たいし」

利恵の提案に守も夏美もうなずいた。

「それで、アルバムの件はシンバルに丸投げで任せるとしてさあ、これからどうする？　またまた石沢湖に全員で行ったりしてな」

守の投げ掛けに、三人ともに言葉を繋げず考えてしまった。少しだけ無音の間が空中に漂った。もはや何をしたとしても寺井さん、寺井君子先輩を生き返らせることは絶対に出来ない訳であって…。

＊＊

杉谷駅をボトムにして、そこから徒歩で十分位だろうか、西向きに平松坂と呼ばれる片側二車線道路が続き国道幹線道路に合流している。この場所が「平松坂交差点」で、黄川田夏美達の先輩にあたる寺井君子が六年前に亡くなった場所である。

夕方であったので、シルクカーテンみたいな滑らかな西日をモロに浴びながら、西山守、広田利恵、それに黄川田夏美の三人はゆっくりと、これまたゆっくりと上りの傾斜を作り出している平松坂に溶け込んで歩き続けた。途中のコンビニでは守の発案で飲み物と軽いスナックとか食べ物を購入した。

神川町の平松坂交差点に程なく辿り着いた三人は信号機脇のガードレールの根元に、夏美が「成和館小濱」の部室から用意して持って来た小さな花瓶と造花を置き、その横に利恵がコンビニ袋に入ったままの飲み物と軽食を、袋から少しだけ顔をのぞかせた状態で供えた。守が「供えても多分全部持ち帰ることになるんじゃね」とコンビニで言っていたのを覚えていたからだ。言われてみれば確かに、用事が済んで供え物をそのまま放置置き去りにしたら、結局誰かの手を煩わせてしまうことになるのだろう。

三人は、そっと手を合わせた。こうすれば寺井先輩も温かいかなと陽の光を包み込むようにして、少しまあるく両手を合わせた。交通量の特に多い交差点で、通り過ぎる人や、配達リュック「エーバーアーツ」の自転車もすぐ傍《かたわ》らを通るような、急かされて落ち着かない地点ではあった。…が、流れるような西日が絶え間なく降り注いでおり、それがずっと穏やかに続いていたから、本当に守り神が覆ってくれているのかも知れないな、と…。そんな優しい感覚が慌しさよりもずっと沢山、夏美達の心を占領し凌駕していた。

「残念だったでしょうね、寺井先輩」

「残念…、ねえ」

夏美は、守のこの「残念…、ねえ」という、ある意味部分否定的な中途半端にかぶせた言葉の意味があまりよく理解出来なかった。もしかしたら、確かに立派な大先輩だけれどちょっと人騒がせなんじゃないか、みたいな批判なのだろうか…。それで…。

「でも難しい司法試験にせっかく合格したのに、寺井先輩は仕事に就く前に亡くなってしまったんです」

守は何も答えなかった。ただジッと、西日が通り進んで来る真っ直ぐな導線を、守が穏やかに見眺め続けていたから、多分夏美自身の言ったことも、ある程度は理解してくれているのだろうなと察した。

「寺井さんは西山とは根本的に違うもの。やっぱり悔しかったに違いないわ」

「何が俺とは違うだよ。そんなん解らんぜ。寺井さんがどんな人だったかなんて」

「気の毒よ、やっぱり」

利恵はまだ足りないと感じたのか、もう一度西日に向かって両手を合わせた。そして、それを見ていた守と夏美も同じように両手を合わせた。しばらくして三人ともに、もうこれ位でいいのかなとゆっくりと顔を上げた。

「私達に、何か寺井さんが、一生懸命に生きて行きなさいよって言っている気がするわ」

「何か、私もです。遊びも勉強も精一杯一生懸命にやんなさいよって。叱咤激励」

「あ〜あ。それにしても落ち着いたぜ。あの不思議な写真の秘密が解ってさあ」

三人は供え物の撤収をした後、踵《きびす》を返して杉谷駅に戻り始めた。今度は西日が背中を軽くゆるりと後押ししてくれているような、優しいエネルギーを浴びている。

「石沢湖での写真の秘密…。これが私の初めての旅行…」

夏美はまだ何か言い足りない様子ではある。それを利恵だけではなく守も察知している様子。自分の日時計の影が少しだけミリ単位で動いて、夏美の心向きを微妙に刺激していた。

「いいじゃないの、夏美。寺井先輩がしっかりと見守ってくれているって考えればいいじゃないの。いろいろとあったけれどもとっても思い出深い、夏美が自分で作った初めての旅行だったんじゃないの、グングンワイワイって」

「そうそう。ＧＷね、グングンワイワイ。命名はオレ」

夏美はしばらく何も発しなかった。ただずっと、ずっと三人は歩いて行った。坂の下にティッシュ配りのバイト女子がいて、守がカワイイねとか何とか言いながら無理を言って、三人分ティッシュを貰って利恵と夏美に一つずつ分け渡した。利恵はポシェットに仕舞ったが、夏美は早速その一枚を取り出して眼元を押えた。それが守には、眼の前のアスファルトに映る夏美の影絵で解った。

そのまま杉谷駅まで三人はずっと、歩いて行った。

「夏美さあ、これからさあ、『スマオーミ』に行こうぜ。利恵もいることだしさ。夏美はアメリカンだったよな」

何故だか守のすぐ脇にいた利恵の方が、夏美の分まで柔らかにほほ笑んだ。


杉谷駅でＪＲに乗ってから、黄川田夏美は時間があるのをいいことに、以前見たことのある不思議な夢の話、あの消えたベンチの女性の話を口にしていた。「スマオーミ」という店の名前を西山守の口から聞いて、それで心の中がそれこそ暖かなホームグラウンドに戻っていたからなのか。夏美自身も気が軽くなって、喋ろうとする内側の自分をついつい許してしまったからなのであろうか。

「やっぱり。何かあるに違いないとは思っていたけれどね」

「夢の中で…、夢で逢いましょう…、夢うつつ…、夢一夜に夢芝居っと…」

訳の解らないことを守が口走ったので、広田利恵の軽いチョップが守の背中を直撃した。

＊＊

「スマオーミ」の店前を囲っている赤レンガに差し掛かったあたりで、黄川田夏美のスマホが着信のあることを、マナーモードの低い振動音で周囲に知らせた。そのうなりがヤケに大きく響き伝わった。

「何々、彼氏かい？」

「違いますよ」

気持ちムキになって夏美が否定した。

「それじゃ寺井君子先輩」

守のそんな冗談言葉に夏美も利恵も立ち止まり、一瞬凍った。

「…んな訳無いじゃないのよ、西山」

「イッツ、ジョークでやんすよ、ただ単にジョーク」

「あっ…」

立ち止まって写メールを見直していた夏美が、再び言葉を詰まらせた。やや夏美のオモテがこわばっていた。

「誰からよ夏美、それ…」

「ま、まさか。まさかの…、寺井…」

守も利恵も、思わず固唾を呑んでいた。

「これ、シンバル君からのメールです」

二人ともその言葉にホッと和んで緩んだ。

「やっぱり彼氏じゃないかい」

「西山先輩、そんなんじゃないってば」


「スマオーミ」の店内の一番手前のシマ、「小演指定席」に座るとすぐに、夏美は利恵に自分のスマホのメール画面をそのまま委ねた。文章と一緒に添付写真が二枚付いていた。

「こ、この写真…」

そう言う夏美に呼応して、守も利恵の持つスマホを覗き込んだ。

「美人じゃやね？　浜美幸恵に似てるな。誰、そのスマホ？」

利恵も知らない女性だったので…。

「浜見幸恵というよりも井村紗江よ。夏美誰なの、スマホのこの人？」

そしてしばらくしてから、ハハンと片手のひらを顎に当てがいながら、利恵は頷きながら夏美を見つめていた。

「解ったわ夏美。寺井君子先輩のアルバム写真でしょう？　たぶん腕づくの体力で、シンバルが探し当てたんでしょう？」

夏美が軽く頷いた。そして恐る恐る口を開いて…。

「私が夢の中で倒れたのを助けようとしたアラサーの女性は、この写真の寺井君子先輩に間違いありません。たった今シンバル君が送って来てくれた、このメールの写真と全く同じ人だと思います。多分、利恵先輩のスマホ写真の胸が、この寺井君子先輩の…」

夏美の夢の中では、助けようとしたベンチに座る女性は、若草色というか薄い黄緑色の建物から夏美が戻って来た時には、すでに消えていなくなっていた…。

「だから私、夢の中でその女性寺井君子先輩が、仮にそのまま消えないで私が戻るのを待っていてくれたなら多分私、寺井先輩と一緒にくっついて行ってたのかも知れません」

守がそれを聞いて慌てて夏美に質した。

「あのなあ、夏美の夢の中の話だろうよ、そんなん。それにどうして夏美が寺井さんと一緒に消えなくっちゃならないんだよ」

「解りません、そんなの。ただそんな気がしているだけ」

「そもそもどうして寺井さんが夏美を呼びに来るんだよ」

夏美は守に叱られているようで、何処か何だか居心地が悪かった。

「でもさあ、私何となく夏美の言っていることも理解出来そうな…」

利恵はある意味、夏美の心をすでに理解しているのかも知れない。何と言えばいいのか、心のブラインドを通して隙間から透かして夏美を推し量っている、とでも言うのか…。すでに心の波が同調しているとでも言えばいいのか…。

「な、何だよ利恵まで。ヘンじゃね?」

利恵は夏美を見守るような、普段はあまり見せない優しい目で夏美を包んでいる。それはある意味、夏美の今迄を聞いて知って理解していたからなのだろう。もしかしたら、例えばゴールデンの小旅行グングンワイワイの前あたりに、夏美の両親とか妹から色々とある程度、事情を聴く機会があったのかも知れない。

「私心臓が弱かったんです。だからナマらないようにと、いつも少し速足で歩いていたんです。幼い時のトラウマというか、心臓がいつか硬くなって動かなくなるんじゃないかっていいう恐ろしさをいつも感じながらずっと、生活していました。手術はうまく行ったし、そんなことは可能性からしてもずっと小さい筈なのに…」

夏美がシンバル君と小学校入学時にすぐに離れ離れになってしまったのは、夏美が心臓手術した為だったということが解って来た。その後体調が回復した夏美は別の小学校、私立小学校の一学年下に復学したが、シンバル君達とはそれで完全に没交渉となってしまったらしい。夏美はシンバル君には最近になってそのことを話したが、シンバル君は、ゴメン、全く覚えていないんです、と口を濁すだけであったようだ。

「身体の血液が心臓に戻って来た時に新しい血液を充分に送り出さないで、汚れたままの古い血液を送り出してしまう…。そんな厄介な病気でした。だからその頃はいつも身体が重くって動けなくって」

夏美は幼い時の重い空気を思い出していた。夏美の心臓は外科手術を施されて、生命のポンプとしての役割はきちんと果たせるようになった。完治である。年を追うごとに手術跡も幸いに小さく目立たぬほどになった。…がしかし一つ、人生のカセとも言うべき自身の感情を夏美は理解し気づき、それを背負ってしまったのであった。

「今まで誰にも、話さなかったこと…。心臓の筋肉が、いつの日か硬くなって動かなくなって止まってしまうんじゃないかって…。自分が勝手にそう思っているだけなんだけれど。そんなトラウマっていうのか、恐ろしさっていうのか…」

利恵も守もそのままの姿勢で聞き入っている。血液を充分に送り出すことが出来ないと、必然的に心臓が膨らんだ状態になる。その状態から普通の大きさに戻そうとする力が心臓に常に働いて、心臓の壁が筋肉質になる。その壁が厚くなる。壁全体が硬く繊維質になる…。もう完全に治っているというのに、そんな黒い影が悪びれずにジワジワと自身の気持ちの中に忍び寄って来る…。

「だから私の心臓は一生懸命に動かさないと、何時止まってしまうか解らないわっていう、そんな考えがいつも…、頭の中に…」

夏美の作り笑顔の頬に、思わずポロリと一滴《しずく》、光る筋が走った。

夏美や夏美の両親が、旅行や遠出をそれとなく敬遠して来た理由が垣間見えた。

「何時止まってしまうのか、って…。それじゃ夏美、病院に通うとか入院とか手術とか、しなくちゃならないいんじゃやね？」

利恵も、そうだわと頷いている。…がしかし夏美は何故かここでもわずかに微笑みながら、カブリを横に何度も細かく振るばかりであった。

「病気だったら入院します。必要なら病院にも行きます。でも私健康なんです。私何処も悪くはないの。ただ、何時硬くなって動かなくなってしまうのかと、ずっと怖くって…」

ひょっとして、今ある外科手術とか心臓に関する医学では完治しているけれど、絶対に再発なんかあり得ないと保証断言することなんか出来ないのでは？　強いて言えば夏美の場合は強迫観念、心の病か…。周囲は結局、完治しているんだし何処も悪くはないんだと強調している…。だけれども、それではまるであたかも本人の心にしてみたら気持ち的に言って、制御不能の時限爆弾を背負っているようなものではないのか？　守と利恵は互いの顔を見た。表情が硬く引き締まり瞬《まばた》きのない視線が続き、ともにしばらく固まっていた。

「そうして私、旅行や遠出もずっとして来なかったし。そもそも小さい時には両親が遠出なんかさせなかったし、私もそれが当り前だと思っていたし…。心の中の決まりだったんです。無理をしちゃダメって。『カセ』っていうのかな。だから私、石沢湖に行ったのはすっごく嬉しかったし思い出にもなったけれど、寺井さんの胸と私の胸。私のスマホに写っていた胸はやっぱり私自身の胸なんです。それも間違いありません」

利恵は夏美のスマホ写真を最初に見た際に気づいていた。そもそも利恵のスマホの胸、つまり寺井先輩の胸と夏美のスマホのそれとでは、サイズが微妙に異なっていた。ヒト眼見てそれが女の夏美に解らない筈がない。そして「スマオーミ」で最初に写真を見せ合った時には、夏美は自分のスマホの胸の写真にまだ気づいていないフリをしていた、と言うか本当はそのままやり過ごそうとしていた…。同時にそんな夏美を見たその時点で広田利恵は、夏美にはやはり何かがあるんだわとすでに気づいていた…。夏美の気配から察していた…。

「私が見た夢の中の女の人は確かに寺井君子先輩だった。その上さらに旅行に行ったら、その時の写真に寺井先輩の胸と同じように私の胸が写っているなんて。私を、もしかしたら寺井先輩が、一緒に行こうよ一緒に旅に出ましょうよ、って私を誘いに…」

「バカ言ってるんじゃねえよ。ふざけるんじゃねえよ」

太い声が店内に共鳴しているかのように響いた。普段はチャランポランな守がヤケに真剣に大きく叫んで、それまで見たこともないような格段に超真面目な表情を夏美に向けた。守のその吠えるような大声に、奥にいた客の一組とカウンターの名取完吾に似たオジサンマスターが、入り口脇の夏美達のテーブルを心配そうに見つめている。

「そうよ夏美、バカなことは言わないで。そんなこと私達がさせないから。いくら私達の大先輩が夏美を呼びに来たって言っても…。本当に呼びに来たんだとしてもよ、私達が絶対に夏美を離さないから」

そう言うと利恵は夏美を横からギュッと抱きしめた。夏美を挟んでL字型シートのもう一方のサイドに座っていた守は、何故か娘を前にした父親みたいにアタフタしている。本当はギュッとしたいに違いないのに、エアーハグみたいに眼の前の二人に向かって両手を拡げて覆うようにしている。すると利恵がそんな守の右手を強引に引っ張って言った。

「こここそ、ギュッとする西山得意の場面でしょうが。何をやってんのよ」

そしてその勢いでさらに守の身体が夏美に寄り掛かった。

「折角石沢湖で練習したのに。あれって西山が自分で書いたシナリオでしょうが」

「うっさいんだよ、利恵は」

三人はそのまましばらく団子状態で重なっていた。

「俺もさあ、夏美が突然いなくなっちゃったらさあ、俺の練習シナリオの相手がホントに利恵だけになっちまうからな。それはすっごくコクだろ、夏美さあ」

「どういう意味なのよ、西山」

涙にくれていた夏美が顔を上げてわずかに微笑んだ。

守も利恵もこれが精一杯だった。重い病を宣告されたり余命を医師から告げられたりするよりも、夏美の今の心はもっと辛い繰り返しの毎日なのかも知れない。何時終点がやって来るのか解らないと考え続けているのは、たとえ今が元気で普通であったとしても、内では余程苦しい状況なのではないだろうか？　守も利恵も、あたかもそれを自分の心に問い尋ねているように見えた。

第六章／
# シンバルツヨシ君の活躍

前期集中試験週間が終わって秋休みの十日間が始まり、すでに一週間。「成和館憩の池」の周辺の木々が色づき始めて、まるで絵葉書みたいな飽きない多色の色模様を、群青の池の水面に惜しげもなく映し出している。学生が秋休みに入っているからなのだろう。平日昼下がりの午後には、そんな池の周囲を散策している人々は年配者が圧倒的に割合を増して来てはいるものの、学内の校舎や施設に隣接しているだけあって、入構許可証カードを首から下げた一般ゲストの人々は、今よりも若かりし頃の自分自身それぞれを思い出しているのであろうか、老若男女皆隔てなく生き生きと健康的に若々しく散策を楽しんでいる。

シンバル君の報告によれば、あの新聞記事にあった法学部の先輩、寺井君子弁護士は法学部の中でも活動家で通っていた人らしい。特に街の映画館の存続が危うい時などは率先して署名活動を行っており、法学部の先輩達の強い賛同と協力もあり、活動が日に日に増して行った時期もあるらしい。西山守、広田利恵、黄川田夏美の成和館小演トリオも、そんな運動が昔あったらしいということは風の噂に聞き知ってはいたものの、その活動の中心が寺井君子や成和館学園大学法学部の先輩達だったということは、詳しく知る由もなかった。守達が中学生になりたての頃からその三年後、卒業あたりまでのやや手繰《たぐ》るのに遠い話だからだ。

秋を迎えて季節も色濃く深まり、これから様々な学園の活動が本格化して行って、学生達の腕の見せ所、真価の問われる時期が始まりかけていた。

そんな中いよいよ同好会も引き継ぎの時期を迎えて、三回生の西山守と広田利恵はまとめ役から退いて二回生の黄川田夏美と新原剛志（シンバルツヨシ）が中心になって、「成和館小演劇同好会」は引き続き運営されて行く筈なのであるが…。と、そんな時である。シンバル君から夏美達三人に話したいことがあるので是非会いたいと、あれは集中試験期間の二日目であったにもかかわらず、それよりもだいぶ後、秋休み真っ只中のこの日を指定して、複数人に同時メール配信する「お友達メール予約配信」をして来たのだった。守も利恵も、あれはシンバル君が「成和館小演」を抜けようとしているに違いないなと八割がたの確信を持って、ここまで粘り腰で続けて来た「成和館小演」もこれが潮時かな、などと考えを及ぼしていたのである。当然黄川田夏美の意見を重視しなくてはならないけれども、まさか夏美ひとりきりで「成和館小演劇同好会」略して「成和館小演」を運営させる訳にもいかないだろう。

「成和館憩の池」の周囲には趣薫《かお》る散策ロードが巡らしてあり、木製というか、ほぼほぼ木製に見えるコゲ茶色のエコプラスチック製のベンチが、隣同士の会話を妨げずに済む程度の間隔で、池に面して整然と景色にとけ込むように配置してある。これらのベンチは数年前までは本当に木製のベンチであったものの、朽ちる物が出て来たのと同時に見た目以上に多いトゲによって怪我する苦情が、何件か複数発生した為、順次エコプラスチックに変わっていった。何でも近場を通る西洋鉄道の切符や定期券を配合再利用して作った、駅構内用のベンチと同じ物を学園側が購入、一部は寄贈して貰った物だ、という話も聞こえて来る。

そんなコーヒーブラウンの長ベンチの一脚に、広田利恵、西山守、それに黄川田夏美の三人は並んで座り、池で遊ぶ数尾の鯉の泳ぐ行方を眺めていた。朝方の十時という普段普通の講義で言えば第二時限目の始まり時刻である。利恵はポップコーンを、夏美はフレークをそれぞれ飲み物とともに用意していた。池にいて楽しませてくれている、いわば「成和館の仲間達」の腹を満たしてあげるつもりだったのだ。そしてそんな二人の意向を知ってか知らずか、守は左の袋からコーンを一つ右の袋からフレークを一つと、それを勝手に切りなく遠慮せずにつまみ続けて池に投げずに自分の口に放り込んでいる。

「池の鯉って楽しいんかな、こんなんでずっと」

「一生懸命に生きているから彼らも楽しいんですよ、多分」

「あっちもおんなじことを考えている筈よ。西山ってボウフラみたいにフラフラしていて、楽しいんかな。アイツ何やってんのかなあ、って」

「ボウフラはないわなあ、ボウフラは」

これも守得意の両手を拡げた平泳ぎみたいなポーズで、うまく利恵の突っ込みに呼応してかわしながら…。

「シンバルのヤツ、それこそ何を考えてんのかな。秋休み真っ只中のこんな時間になあ」

恐らく午後の二時過ぎには池の周りが例の「老若男女」で混むから、こんな時間を設定したに違いなかった。それよりも目的が何なのかが黄川田夏美にとっても気がかりだった。充分に読めない空気はすこぶる美味いとは言い難かった。もしもシンバル脱退ということにでもなれば、夏美はどのように行動して行けばいいのだろうか。利恵も守も一応ちゃんと単位は通っているようだし、無事に四回生には進めるだろう。しかし夏美の方はと言えば、二回生の仲間に声掛けしながらも、結局いまだに仲間としての同級生はおろか一回生さえも拾えてはいない。後手に回っているとしか言いようがない。殆どが大学本部学生課公認の部活動に取られてしまっているのだ。先行きが霧の中に隠れて、不安がその先のモヤに霞《かす》んでしまっている。

そうこうしているうちに突然後方、「憩の池」とは逆方向から楽器の音。多分エレキギター等の弦楽器だろう。それと、キー、ピー、とマイク、アンプのハウリング音が聞こえて来た。夏美達のちょうど三十メートルばかり後方に簡単な集会が開けるような演台というのか小さなステージ、通称「憩の池ステージ」が設けてある。そしてその舞台を囲むようにして扇形に配置された三列ほどのクリーム色のコンクリート製作り付けの座席が並んでいる。言うなれば小型野外音楽堂みたいな感じだ。そこで時々学生が主体になってミーティングとか集会とか、格好良く言えばライブみたいな催しが開かれている。夏美は一瞬、これは学生ライブだと思ったが、よくよく考えてみれば秋休みで学生が少ないというか、ほぼいない筈である。それも午前中から学生ライブは無いでしょうよ学生ライブは、と改めて冷静に推し量った。

「何だ、何だ、何だ？　あれってシンバルじゃね？」

ギターベルトを肩掛けしてギターを逆さに背負い、小型アンプの用意をしているダークグリーンの野球帽に眼鏡、マスク。ガタイの良い男性がシンバル君のシルエットと相似だった。素早い準備を見るに、舞台のソデに機材を前もって準備していたのかも知れない。

「シンバルって何を言ってんのよ、ギターでしょうが。エレキギター」

利恵が楽器のシンバルとイダテンのシンバル君を勘違いしていたので、夏美はついつい含み笑いを見せてしまった。そしてそれを目ざとく見つけた利恵がすぐに気づいて、バツの悪そうな表情を守に向けた。それまでやや低調に沈んでいた守の立場が、少しは逆転向上するのかも知れない。

そうしてすぐにいろいろと考えるいとまもなくギターチューニングの後に、今度はステージから聞き覚えのある曲が流れて来た。舞台上は男子三人のグループだ。舞台ソデには女子三人も控えている。いずれも公演とか舞台本番には程遠い、ほぼほぼ普段着である。着けていたマスクを外したあの男子メンバーの一人はどう見ても、恰幅ガタイの良いシンバル君に間違いはないだろう。

「あれってやっぱりシンバル君ですよね。何をやっているのかなあ、シンバル君」

深緑色の野球帽に黒縁伊達眼鏡で装ってはいるが間違いないだろう。シンバル君だ。

「もしかしたら…。彼がだいぶ前にウチラに言っていたヤツ？」

そんな利恵の質問に守が、メイビーとか言いながらうなずいているのだが、何が起きようとしているのか、夏美にはそのいきさつが全く伝わっては来なかった。

「シンバルはこっちに来ればいいのに、って、他のギターの二人知っている?」

「俺は知らん」

「あの三人女子の方は?」

「もしかしたら『軽音』所属のグリーじゃね?」

グリーっていうのは多分バックコーラスを担当する合唱グループのことだろうなと、夏美は勝手に推察していた。そして守はといえば再び手元のポップコーンを幾つか口に押し込んだりしている。守も利恵も、シンバル君がどうしてギターを弾いているのかという素朴な疑問を当然の疑問として抱いていないような、二人とも何か実際本当は詳しく訳を知っているようなよそよそしくてわざとらしい、といういささか濁った感覚。そんな感覚を、夏美は守と利恵に対して抱いていた。

「そもそもシンバル君がギターを弾けるって知っていました?」

「詳しくは知らないけれど確か、シンバルがいたラグビー同好会部室の隣が軽音楽同好会、略して『軽音』の部室だったと思うわ。それって関係ないかな」

利恵も守も、シンバル君が高校までギターバンドを組んでいて学園祭等で活躍していたということは、本人の話から知っていたのだが、シンバル君は夏美には何故かそれまでその部分をボカシていた。正直に言うのが恥ずかしいとでも思っていたのだろうか。

一方夏美は夏美で、部室の間取りまではまだ詳しく覚えてはいなかったものの、「成和館小演」の部員勧誘で他の同好会部室の周辺をぶらついていたことが何度かあり、言われてみれば「軽音」と「ラグビー」が近場にあったなというような、あやふやなぼんやりとした記憶だけは、頭の片隅に持ち合わせていた。

「軽音なら確かに学生棟の二階でラグビーの隣だよ。成和館学園カラオケ祭りでセッティングを手伝ったことがあるし……」

一回生の時には無所属で、いろんな所に顔を出していた守にはすでに親しみがあったのかも知れないが、学生棟四階の隅にやっとスペースを貰って何とかこれから細々とやって行こうとしている「成和館小演」の夏美には、まだまだ少し距離を置いた話であった。夏美は、シンバル君達が何か演じてくれるのであれば、本当はもう少し舞台の近くに移って聞いていたいなと、そんな類いのことを利恵でも守でもいいから言い出してくれないかと期待していたのであるが、二人ともそんな夏美の心のリクエストには全く応じる様子も気配もつもりもなく、守などはいまだに舞台の様子を時々窺いながら、身体の向きは池の鯉の方向。つまり「憩の池ステージ」には背中を向けたままの、そっぽを向いた姿勢である。

そうこうしているうちに始まった曲は微妙にギターアレンジしてあるが、成和館の学生であれば対抗試合の応援などで何度も聞いているばかりか声を張り上げて歌いもしている、「成和館学園大学学園歌」であった。
男子三人のギターをバックに、「軽音」所属らしきそのコーラス女子三人で校歌が始まった。台車で運んで用意したのだろう、ステージ上の小箱のようなアンプとスピーカーを通してのパフォーマンスなのに、それなりにボリュームのある聴きごたえのある成和館学園大学の校歌…。

学園の木々は　一途に育つ
このかぐわしい　自然《もり》の中
たくましく　誠実に
日々の目途に　挑み続け
偉大な成果に　結びいたる
強い信念　心に抱く
おお、前に　とこしえに前に

そうして校歌が三番目まで終わると今度はギター男子三人が前に出て、コーラス女子三人が舞台ステージの上手《かみて》隅のマイクに集い、メインのバミリすなわち立ち位置にはサイドギターのシンバル君が移動して、マイクを使い始めた。何故だか秋休み真っ只中だというのに舞台前の座席が三々五々埋まり出して、すでに八分程度がカラフルな服装にうち染まった。花壇が種々の花々で賑わっている。立ち見も含めて五十人はいると思う。不思議なのは、休み中だというのに集まった「観客」は八割がたが学生である。フリーの「老若男女」が散策とか学食テイクアウトに利用出来るのは午後の昼下り数時間だけだが、眼の前の「観客」の中には入構許可証を下げた年配の夫婦連れらしき人々とか、大学の教員とか事務員らしき人々も散見出来る。特別に入構が認められているのだろう。…がしかしほぼほぼ集まった人々は、普段黄川田夏美達とともに過ごしている成和館学園大学の学生仲間である。

そんな「観客」達の集まり具合を見ていた夏美は、学園歌なんか始まって、これはただ事ではないなと当然察して、横の利恵に何、何、と仕種で訊いたり、守の顔を覗き込んだりしてみた。しかしそんな夏美の努力の甲斐もなく、守も利恵も状況の変化にはヤケに疎い。…

と言うか、敢えてあまり関心が無いように装っているみたいにも見えて来る。

そしてその時、後ろ向きだった守がやっと「憩の池ステージ」の方向にヨイショッと、身体をネジって座り直した。さらにその動作に比例してかぶさるように、マイクのハウリング音が響いた。たぶん守の「ヨイショッ」、それがシンバル君に対する「キッカケ」動作になっていたのだと思う。

「ようこそ皆さん、『成和館軽音』の本格的秋のリサイタルにホントようこそ、朝も早よから」

シンバル君のマイク音声に客席から笑い声が生じた。…ということは、やっぱり本番ではなしに「朝も早よから」何かの練習とかリハーサルなのかも知れないな、と夏美は推測していた。もしかしたら十一月下旬に予定されている「成和館学園祭」の予行演習か…。

「もう皆さんは、今日の集まりについてはリレーメールで意味もちゃんと理解している、っていうことですよね。休みだというのに生真面目に参加していただいて。特に法学部の皆さん、貴重な時間を恐縮です。それでもこの集まりには異議なし、でしょう?」

異議なし、に再び笑いが生じた。「異議なし」を「しかるべく」と直して返事し返す客もいて笑いが増幅した。そしてこの「異議なし」とか「しかるべく」で、「軽音」とかシンバル君が、ここにいる法学部を中心にした人々を意図して集めたのだということが暗に解った。

「法学部の大先輩、亡くなった弁護士寺井君子さんの話です。わざわざ供養して来てくれた『成和館小演劇同好会』の三人の皆さん。西山守さん、広田利恵さん、それに黄川田夏美さんの三人さんです。メインゲストの三人さん…。後ろのベンチにいらっしゃいます。本当にありがとうございました」

シンバル君がそう言うと座っていた観客の人々がほぼほぼ全員、後ろにいた西山守、広田利恵、そして黄川田夏美の方を振り返り向いて、ありがとうございました、と頭を下げた。シンバル君と同様に成和館学園大学の法学部に所属している学生達だった。勿論ゲストの入構許可ワッペンとか許可証を下げて入って来ている年配の人々も何人かいたが、学生達と同様に挨拶しているところを見ると、事情をある程度理解して入構許可を得ている人々のようであった。

「司法試験に合格してもう少しで実社会で活躍出来る、というところまでたどり着いていた寺井君子先輩の無念さったら無かったでしょうね。そんな寺井先輩を引き継いで、後は私達が精一杯頑張りますよ。せ～のっ」

少々不揃いだったものの、周りが一緒に「頑張ります」と合わせた。そしてそれを合図に次の曲が始まった。明らかにシナリオだろうか図面を用意したのだろうか、「練習」とか「準備」が周到になされている証拠であった。寺井君子先輩の深い重みがそこに感じられた。

「軽音でのギターの練習とかによく使う曲なんですが、良い曲なので今日はお礼の意味で、『成和館小演劇同好会』略して『成和館小演』の三人さんと法学部の皆さん、そしてゲストの方々皆さんに贈ります。そうそう、寺井君子先輩にも贈りますからね。以前『テンプターズ』というギターグループが歌ってヒットした、伝説の『復活』という曲です」

今　僕はよみがえる　君の愛をうけて
今　僕は仰ぎ見る　君の目の光を
鐘を　打ち鳴らそう　君のため
谷に聞こえるように
水で身を清めて　祈ろう
とこしえの愛を
今　僕は抱きしめる　君のその心を
今　僕は感じてる　生きている喜び
今　僕はよみがえる　君の愛を受けて

今　僕は感じてる　生きている喜び

それは、なかにし礼作詞、川口真作曲、テンプターズというギターグループが演じた「復活」というバラード曲であった。

「寺井先輩の為ではあるけどさ、おんなじ位、夏美の為に今日の『軽音』って歌っているみたいだよね、この曲も…」

「だって夏美さあ、『生きている喜び』だぜ。結構響くんじゃね？」

「響くって言えばさ、『鐘を打ち鳴らそう、君のため』だよ、夏美」

利恵がそう付け加えた。何故か利恵の声が涙を含んでいるみたいに湿って聞こえた。そして…。

「あのさ、きつい運動が出来なくったってさ、道が多少狭くったってさ、いろいろ挑戦出来ることが、ウチラのこれからの人生には山盛りなんだよ、夏美」

横でそれを耳にした守が、両手で山盛り山盛りと大袈裟にジェスチャーを繰り返した。そしてそれを見た利恵も合わせて、山盛り山盛りを夏美に涙目で笑いながら披露した。

そんな利恵と守の言葉とジェスチャーに接して、夏美は感極まりそうだった。それをやっとのことで押さえて出来るだけ平静を装って、何とか微笑んでいた。その夏美の心の努力を察した利恵がハンカチを守越しに差し出したが、夏美はそれを借りはしたもののそのまま使うことなく握りしめていた。そうやって震える掌の涙を隠し通すことが出来た。今日のこのいきさつとか成り行きを、完全にではないかも知れないけれど、守も利恵もあらかじめ知っていたに違いないわと、この時夏美は確信した。そして一生このシーンは忘れられないわと、心に刻み込んだ。

曲は終わったがそのままハミングの女子三人のバックコーラスが続き、BGMがステージ上のギター男子二人で流れる中、シンバル君がギターを置いて舞台から降り、座っていた女性二人、と言っても恐らく母娘だと思うが、深紅のプレーンウィーブスーツでコーディネートした多分アラサーの女性と四歳位の女の子をエスコートして、舞台ソデの方から「成和館小演」の三人がいるベンチの方向にゆっくりと歩を進めている。そしてBGMはその間も変わることなく、ベンチ背もたれ前に準備して立ち並んだ三人を支えるように流れている。

「夏美さあ、あのアラサー女性、よく見てご覧。女の子もかわいいけどさ、美人じゃやね？」

夏美は守にそう促されて、近づいて来る女性の表情を確かめた。美しい。うつく……。

「えぇ！　あの女の人！」

夏美は自分の眼を疑った。

「て、寺井君子、先輩…。私の夢の中に出て来た、あの人」

夏美はこの状況すべてが再び夢の中の出来事なのではないのかと、疑心暗鬼に陥った。そして、十メートルほどに近づいた深紅の二人とエスコートするシンバル君を自分の視野に入れながら、自身の左のスニーカーのつま先を右の踵で踏みつけてみた…。痛かった…。


ベンチ前まで近づいて来た三人は、守、利恵、夏美の前で歩を止めた。三人ともに、暖色系のソーププフラワー七輪ブーケを抱えている。恐らく石ケンで出来ている造花の七輪をカラーセロファンとリボンで華奢《きゃしゃ》にまとめたもので、学生達の間ではメモリアルデーの手渡しプレゼントとして静かに流行っているらしい。これはまるであたかも映画のワンカットだわと、夏美は感激していた。

「三人さんは多分すぐに解ったと思うけれど、寺井君子先輩の…」

ＢＧＭが続く中、夏美はシンバル君がどういう風にその女性を紹介するのか、自分の胸の内のヤケにテンポが早くて小刻みな動悸を聞きながら、言葉の流れを待ち受けていた。

「寺井君子先輩の双子のお姉さんで、原中恵美子さん、旧姓寺井恵美子さんと…。お名前、自分で言えます？」

シンバル君はその女の子を丁寧に促した。するとその利発そうな女の子は、ウン、と頷いた後…。

「原中由紀奈です。四歳です」

シンバル君は、原中恵美子が寺井君子の双子の姉であり、成和館学園大学の教育学部を卒業した後付属中学校で教職についていたことを吐露した。そして出産を機に引退して現在は主婦業に専念しているのだという。

「シンバルさんから聞きました。皆さんの旅行の件もスマホ写真の件も、妹を丁寧に弔っていただいたことも。それに黄川田夏美さんの夢の中のお話も…」

三人はそれぞれ、守と利恵と夏美に花束を手渡した。利恵は夏美と顔を見合わせながら、恐縮した表情で受け取った。ソープの香りが実にさわやかで心地よかった。空気が和んで微笑み、髪の毛が流れ行くそんな明るい空気に存分に洗われているような気分だった。そして雲間に青空が徐々に拡がって行き、その澄んだ空間に軽くなった心根が具合よく浮かび上がった。

一方女の子が花束を渡そうと近づいた西山守はと言えば、照れくさそうに「俺なんかが花束を貰ってもいいのかい…」と笑顔のその子に尋ね、「ハイ」と返事されてますます照れて冷や汗をかいていた。そして守お得意の照れ隠しなのか、膝を地面につけてははぁ〜と侍《さむらい》みたいにお辞儀をしてから、守は大事そうにその花束を貰い受けた。

「また後で妹の話を聞かせてください。君子は黄川田さんの夢の中で、多分いろいろとお話ししたかったのでしょうけれど…」

原中恵美子が黄川田夏美にそう話すと、横から娘の由紀奈が付け加えた。

「私もお勉強をいっぱいして成和館に入るの」

シンバル君は二人を促してステージの方向に再び歩み出した。そして二人を他の法学部の学生に委ねると、今度は先程のブーケよりも少し大きめの花束を、やはり客席に座っていた他の女子学生より受け取って、シンバル君だけが守、利恵、夏美、三人のいるベンチの方向へと足早に戻って来た。さらにもう一つのサプライズが転がって来るのだろうか。

「僕だけもう一個。別件があるんです」

夏美に話そうとしているようであった。利恵は守と、まさかの「シンバルプロポーズ」なのではないかと夏美を横目にヒソヒソ話で盛り上がっている。

「黄川田さん」

シンバル君のその深く響くトーンに、夏美は再び自分自身の、まるでシンバルトーンに共鳴しているかのような大きな心の動悸を聞く羽目になった。

「黄川田さん、小学校入学のあの時…。多分すっごく大変な手術だったんでしょうね。本当にこんなに遅くなっちゃったけれど、手術の成功と退院おめでとう」

そう言うとシンバル君は夏美に、持っていた花束をゆるりと手渡した。毎日の生活を実にハッピーにしてくれそうなイエローオレンジのモダンローズだった。利恵も守もその局面に接して、さすがにまさかの「シンバルプロポーズ」じゃあなかったなと、取り敢えずホッと胸を撫で下ろした。

「そんな…。シンバル君。小学校って、入学の時の…。そんな昔のことを…」

小学校一年次の一連の出来事の件で、シンバル君は夏美を祝ってくれているのだ。十年以上も前のその時の色模様が夏美の胸にも自然と蘇って来ていた。

「あの時はクラスの誰もが、黄川田さんが大変な手術を受けるなんて思ってもいなかったし、というか気づいてもいなかったし…。ゴメン、名前だって黄川田夏美さんの黄川田しかその時はまだ覚えていなくって。全く皆いきさつを知らなかったんだ」

「いいの、いいの。だって、皆と一緒に四月の始めの半月位までしかいなかったんだから。私だってシンバル君と担任の上坂《かみさか》先生位しか、名前だってね、覚えていないし…」

「黄川田さん」

夏美はその明るい声によって、再びシンバル君の瞳に寄せられた。そして横にいた守と利恵は、ええっ、意外にやっぱり「シンバルプロポーズ」なのか、と再び緊張して夏美とシンバル君をジッと見守った。

「この後の曲ですが…」

そんなシンバル君の一言に、守も利恵もややコケそうになった…。

「昼までにあと五曲やるんですけれど、その中でも次の曲は『成和館小演』の皆さん三人に特別に贈る曲ですからね。期待してくださいよ。それからねえ、僕はやっぱり戻りますよ、ラグビー同好会に」

「えぇ？　どうして？」

夏美は、完全にリクルート出来たと確信していたシンバル君が「成和館小演」を脱退、それも「軽音」に行くのではなく「ラグビー」に戻るつもりだと聞いて、一層驚いた。

「逃げないで続けようと思うんですよ、せっかく縁のあったラグビーを。『小演』と『軽音』は機会があれば大好きな仲間に頼み込んで、もう一度組んで始められる…。甘いですか？　許してくれるでしょう？　許してくれませんか？　でもラグビーだけは今戻らないと自分自身がずっと逃げてしまうから。逃げるのは卑怯だから」

シンバル君らしいなと、夏美は体操服姿でボール回ししていた、ラグビー同好会に入りたてだった頃に見たシンバル君を思い出していた。

「シンバルさあ、太り過ぎの改善は使用前使用後の『リーザップトレーニング』の方が、断然早いんじゃやね？」

深読みした守のその発言にシンバル君は慌てて、そうじゃないそうじゃないと何度も大げさに手を振って否定した。

「でもあんた、我を通すのはいいけど残された『成和館小演』はどうするのさ。夏美ひとりになっちゃうじゃないよ」

広田利恵が少々怒り気味に啖呵《たんか》を切った。周囲の空気が少し縮んだ。するとシンバル君は、観客席に座っていた法学部の何人かの後ろ背中を指で空指しして、それを利恵達三人に見えるように二回繰り返し、さらにその手を拳に変えてシンバル君自身の左胸にギュッと押し当てた。シンバル君のその仕種の意味はすぐに、守、利恵、そして夏美の三人にはしっかりと伝わった。そしてその仕種のタイミングを待っていたかのように、ステージ上のリードギターとベースギターが反応した。ずっと仲間達を柔らかく包み込むように弾き続けて来た前曲のBGMを、次の曲の特徴のあるイントロメロディーに変換したのだ。これもきっと予行演習通りなのだろう。シンバル君は三人に会釈すると夏美に…。

「黄川田さん。無理しなくってもいいじゃない。ゆっくりゆっくりでいいと思うんだ。長く長ぁく。元気にやろうよ。楽しく…。成和館の仲間皆が見守っているから。先輩達もいるしね。辛かったら必ず、誰かが助けるから。辛かったら必ず、誰かが助けるから。仲間なんだから」

そう言うとシンバル君は演奏に加わるべく小走りに素早く、「憩の池ステージ」に戻って行った。辛かったら必ず、誰かが助けるから…。シンバル君が二度も繰り返して言ったのが、夏美にはヤケに印象に残った。そして…。

ステージに向って座っていた観客皆が三々五々、池の方向、つまり守、利恵、そして夏美がいるベンチの向きに回れ右して座り直し、立ち並んでいる三人を見つめ始めた。シンバル君がステージに戻るのが「キッカケ」になっていたのだ。秋休みに入る位の時に準備に丸一日とか使ったんじゃないかな…。夏美は行き届いた「憩の池リサイタル」の進行に驚きを隠せないでいた。そして現状、その「憩の池リサイタル」のメインゲストに成り行き上収まってしまっている夏美達三人は、「観客」の視線をモロに浴びることになりいささか慌てふためいていた。

始まった曲は、やはり「軽音」で練習曲として用いている「小さなスナック」という過去のヒット曲。確か「パープルシャドウズ」というギターグループのオリジナルヒット曲で、最近では記憶通りなら化粧品のCMリバイバルか何かで用いられていた、誰もが聞いたことのある比較的馴染みのあるポピュラー音楽だった。

僕が初めて　君を見たのは
白いとびらの　小さなスナック
一人ぽっちの　うしろ姿の
君のうなじが　やけに細くて
いじらしかったよ
僕がその次　君を見たのも
バラにうもれた　いつものスナック
ギターつまびく　君の指さき
ちょっぴりふるえて　つぶやくようで
かわいかったよ

僕が初めて　君と話した
赤いレンガの　小さなスナック
見つめる僕に　ただうつむいて
なにもこたえず　はずかしそうで
抱きしめたかったよ

今日も一人で待っているんだ
君に会えない　さびしいスナック
キャンドルライトに　面影ゆれる
どこへ行ったの　かわいい君よ
忘れられない

白いとびら、赤いレンガ、バラにうもれた、そしてキャンドルライトに小さなスナック…。まるで「成和館小演」が本拠地にしている、あの喫茶店「スマオーミ」そのものの生き写しであることに、黄川田夏美はただただ驚いていた。しかし考えてみれば、シンバル君が守や利恵と「スマオーミ」でミーティングをしていたこともあり、あそこを「軽音」や「ラグビー」でも使っていた可能性は否定出来ない。それを考えるとシンバル君が「スマオーミ」を本拠地、根城にしている「成和館小演」に合わせて、この曲を選んで「プロデュース」して、今回の「朝も早よから憩の池リサイタル」の本番、もしかしたら「成和館学園祭のリハーサル？」に持ち込んだ可能性がかなりの確率で高いのではないだろうか。

「観客」を前にして戸惑う三人。しかし流れる好調のメロディー音楽は、せき止める者がいない限りその勢いを弱めようとする筈はない。

「何もやらねえ手は無いよな。寸劇でかわすのが最善策じゃね？」

「あの『枕木旅館』でやった『壁ドン』をやろうよ。夏美は周りで盛り立てて」

「エアで音声と照明やります。やりましょう、はやく」

そう言いつつ三人は、繰り返しに入った歌詞に合わせてそれらしく演技した。利恵のうしろ姿を守が支えたり、恥ずかしそうに縮こまる利恵を守が「壁ドン」で包み込んだり。うつむいた利恵に守が思い切り顔を寄せて見つめたり…。そんな二人を夏美が周囲からしゃがんだりエアマイクを差し出したり。少々コミカルに振れた演技演出で、「観客」からは拍手と笑いも漏れていた。夏美は、多分これでいいのかなと納得しつつ、時々ステージ上のシンバル君をチラ見していた。そのシンバル君もそれでいいよいいよ充分だよと、他のメンバー達とともに心地よくトレモロを入れている様子の笑顔であった。そしてそんなギターメロディーが憩の池周辺の空気を心地よく揺さぶって、水面に接する空気も微細に波打ち微笑んでいた。

最終章／

# そっと穏やかに「成和館小演」で

深まりつつある季節の移ろいが、確かに肌身にもひしひしと感じられる。後日秋休み最終日の日曜日午前、バイト時間までの間に部室を整えておこうと、黄川田夏美は成和館学園大学を訪れていた。正門入口の守衛所で普段なら学生証提示だけで済むところを、休日なので入構学生リストに記入してから学生棟を目指した。正門脇の守衛所、つまり本館の横の角から部室のある学生棟はおおよそ五十メートルほどの距離で、グラウンドや図書館と同様に視界に入りやすくなっている。

そんな学生棟四階の「成和館小演同好会」部室へと階段を上がるべく、夏美は入口脇の分別ポストを覗いた。郵便配達人が三十以上もある部室各々に行かなくても済むように、学生棟入り口脇に下駄箱のような、ポストもどき、が設置されているのである。そんな「成和館小演」の仕分け分別ポストの中に、黄川田夏美様、皆様、と宛ててある白封筒の手紙が一通入っていた。「憩の池リサイタル」で初めて顔を合わせた、あの寺井君子弁護士の双子の実の姉、原中恵美子からの一通だった。夏美はそれを手にして四階の部室にトコトコゆっくりと上がって行った。学生棟にも来年度、バリアフリー用のエレベーターを増設しようという計画が持ち上がってはいるものの、今の処は四階の最上階まででも、トコトコトコ〜である。

㊦手）「前略、先日は『成和館憩の池リサイタル』でお世話になりました。皆さんの寸劇、すごいですね。あの場で打ち合わせ無しの突然のアドリブ寸劇なんですよね。さすがは『成和館小演劇同好会』ですね。感心しました。そして拝見していた娘の由紀奈もますます気に入った様子で、成和館に絶対に行くと改めて申しております。来年から幼稚園なのですが興味心が強くて、漢字やアルファベットにもすでに関心が高いようです。先日は用事であの後お話も出来ぬまま帰宅しなくてはならなくなり、大変失礼いたしました。妹の君子の話をもう少ししていたかったのですが、これも何かの巡り合わせなのかも知れませんね。ただ、あれからいろいろと考えたのですが、特に黄川田夏美様の夢の中に出て来たという妹君子のこと、私は少し付け加えさせていただきたいと思いましたのでお手紙を差し上げました」

確かに黄川田夏美の夢の中の話は、シンバル君が西山守や広田利恵から詳しく聞いて、それをしっかりメモにまで落して原中恵美子に伝えたと言っていた。

㊦手）「黄川田さんを妹君子が連れて行くなんて、そんな悲しいことを考えないでください。黄川田さんは、黄川田夏美さんは、これからの人生の視界が大きく拡がっているのですから、妹が現れた夢のことはあまり気にしないでください。そしてこれからたくさん思い通りに生きて行ってください。妹の君子は弁護士活動を本格的に始めようとしていた矢先に事故に遭いました。知っておられるとは思いますが成和館学園の近所にあった『五軒茶屋シネマ館』が廃業になり、これでこの街から映画館がすべて消えてしまうと、存続運動を他の法学部の学生さん達と共に熱心に長くやっておりました」

夏美は、その一件についてはそれほど詳しくは知らなかった。「五軒茶屋〜」についても、少し前まで三本立て興行を続けていた古い映画館、位しか知識がなかった。存続運動の署名活動は七、八年前がピークで、当時夏美は病が癒えたばかりで成和館とは別の私立の中学生。成和館に入学する道しるべさえも、まだ全く眼にしていなかった時期なのかも知れない。

㊦手）「結局五軒茶屋シネマ館は廃業してしまうのですが、その土地を元手に経営者と地

域の方々の尽力で、隣町の広北沢にシネマと小演劇のコンプレックス『広北沢シアターコンプレックス』が出来て、今では広北沢近辺の小演劇グループの聖地になりかけている状況です」

夏美は「広北沢シアター〜」の存在を知ってはいたものの、その由来についてはやはり不案内であった。

㊦手）「妹の君子は、このシアターコンプレックスが町の人達に受け入れられたことを大変喜んでいたようです。何しろ五軒茶屋シネマ館時代には署名活動の他に、ボランティアで営業やモギリ、それに清掃まで手伝っておりましたから。そんな存続運動の中心になって活動していた妹を、成和館法学部の皆さんが強く後押ししてくれていました。その結果五軒茶屋でのそのままの存続は残念ながら無理でしたが、広北沢にシアターが出来たことで、君子のことをあの時の活動の中心人物として、亡くなってからも大切にしてくださっていたようです」

寺井君子弁護士は、杉谷区や演劇興行財団からも文化伝承活動の成果を認められて、特別表彰を受けていたようである。

㊦手）「黄川田夏美さん、そして西山守さん、広田利恵さん、詳しく説明してくださった新原剛志さんには本当に感謝しております。皆さんによろしくお伝えください。そして最後にもう一言だけいいですか？　妹の君子は、黄川田さん、あなたを呼びに行ったのではないと思います。夢の中であなたを連れて行こうとしたのではないと思いますよ。あなたに町の小演劇を託したかったのではないでしょうか。『成和館小演』で頑張ってね、と後押ししたかったのではないでしょうか？　伺ったところによれば妹はトートバッグのような鞄を持っていたとか。それは柔らかなものではなくＰＣカバンみたいに硬かったのではありませんか？」

確かに思い起すと原中恵美子の言う通り、夏美の夢の中では硬いけれどもそれほど厚みのない、大型の雑誌とバインダーのような感触だったと思う。だからベンチの上の寺井君子の身体を支えるようにして、その脇に置いたのだと思う…。そうか。そうだったのか…。

㊦手）「あなたに引き継ぎたかったのではないかと思います。いつもバインダーと沢山の

署名用紙を持ち歩いていましたから、あの頃は。君子は届けようとしたんです。伝えようとしたのです。黄川田さん、黄川田夏美さんに。私でもなく法学部の後輩でもなく、あなたのところに。『成和館小演』のあなたのところに。『成和館小演』をいつまでもずっと守り続けてくださいね、町の小演劇を続けてくださいねって。言ってみれば営業に出掛けていたのでしょう」

黄川田夏美はそこまで手紙を読むと一息ついて、部室に誰もいないことをいいことにして自分の座る椅子の前にもう一脚パイプ椅子を対面させて、そこに白いコットンパンツの両足を遠慮なく上げて伸ばした。部室の中を拭き掃除しようとやって来たのに、それをやる前にもかかわらず、やや疲れたのかなと感じていた。でも気持ちはとても穏やかだった。窓は完全に閉めてはいるのだが温かい秋の陽光とともに、学生棟の建物の四階だというのに森の新鮮な空気が緩く吹き込んで来るような感覚であった。やっぱり少し疲れたのかしらと、椅子にもたれたまま背中を伸ばしてみた。

ウトウトとしているのかも知れない。こういう穏やかな柔らかい時間をゆっくりと過ごすことが、自分はことのほか好きなのかも知れない…。ウツラ、ウツラ…。

いつの間にか黒板の前に座っている。女性の先生が背中を向けてチョークを使って何やら大きく書いている。そして女の子が教壇に上がった。ああ、あのチョークの先生は上坂先生だ。入学式の日、私が息切れした時に、「大丈夫?」って心配して声を掛けてくれた担任の上坂先生だ。その上坂先生が黒板に書いた文字は「黄川田夏美」と、その振り仮名「キカワダナツミ」だった。

「キカワダナツミです。こんにちは。こくら幼稚園から来ました」

何故か出身幼稚園の名前まで言って、オジギした後すぐに少々気取って教壇の眼の前の自分の席に座った。そして上坂先生が次の人の為に黒板を整えてしばらくしてから、今度は坊っちゃん刈りのやや太り気味の男の子が恥ずかしそうに、挨拶をする為に夏美の隣の席を立って教壇に向かった。五十音順、黄川田夏美の次の番で、隣の席がシンバルツヨシ君だった…。

とっても空気が温かい。ずっとこうしていられるのならどんなにか幸せだろう。…だけれども気になることが一つだけ。温かい背中、パイプ椅子に任せている自分の背中の真ん中を首筋から細くスッと、水筋が伝うように腰の方向に向かって連なり下りて来る。それがそんなに心地悪い訳ではないのだが、背中全体が気持ちのいい広い大地であるにもかかわらず、それをあたかも分断して陣地分けするかのように、冷ややかに流れる一本のせせらぎが確かに存在するのだ。風呂場で天井から一しずく浴びてしまった時のことを思い出していた。そして途中で引っかかる、というか躓《つまず》く、というのか…。

お父さんは平日なら仕事でもう、福岡の支店に行っているわね。お母さんはたぶん今頃いつものように、コミュニティー図書館のボランティアに出発だな。妹の美登利は学校だし。幸せだよね。あったかいよね。大丈夫だよね…。利恵先輩と西山先輩は多分ずっとあのまま二人連れだよ。カエルの仲だね。私は、私で、「成和館小演」を、もう少し、頑張らなくっちゃあ、ならない、のだ、けれど…。寺井先輩、寺井君子先輩、私は、もう…。眠りそう…。

あ〜あ。タメ息が出た。少しだけ笑顔を作って自分自身に向かって演じた気がする。何の目的のタメ息だとか笑顔なのだろうか。その反動みたいに、今度は大きく息を吸い込んだ。そしてゆっくりと、ゆっくりと、本当にゆっくりと…。静かに胸の空気を森の温かい陽光、木漏れ日の中へと、そっと返してあげた。やっぱり、来た、みたい。もう、いいの、かな。皆…。おかあ、さん…。シンバル、君…。

＊＊

色が感じられない。私はパイプ椅子に座ってはいるものの、両足を対面するように置いたパイプ椅子に乗せて真っ直ぐに伸ばして…。まるでそっくり返っているような姿勢だ。はしたない格好。普通に座り直そうとするのだけれども、身体が少しも動かない。自分で言うのも変だけれど呼吸もしていないような気がする。感覚が無い。熱も風も、この世の自然現象の何もかも私の身体を刺激して来ない、と言えばいいのだろうか、私は無音無色の空間に、ただただ居座っている。

…と入り口から一人、部室に入って来た。不思議なことにその人の色だけは認識出来る。全てが淡い若草色の作業着の女性。掃除を担当している業者さんだろう。ああ、あなたは…。私が何時だったか夢の中で会ったことのあるスーツ姿のあの人でしょう？　夢の中のあの人でしょう？　寺井君子さんでしょう？　でもどうして今日は作業着なの？

淡い若草色の女性は私の質問には何も答えずに、私の肩を揺さぶったり何か声掛けしたりしている。しっかりしてとか、頑張ってとか、そんな風に言っているような気がするけれど、私には少しだって聞こえはしない。そしてその作業着の女性は意を決したように、スマホではなく自分のポケットのヤケに大き目の携帯、所謂《いわゆる》ガラケーを取り出して、アクセサリーみたいな短いアンテナをスッと本体から引き延ばしつつ、部屋から飛ぶようにスウッと出て行った…。

＊＊

「原中でございますが…」

TEL「原中恵美子さんですね。先日の成和館大学のリサイタルではどうも」

「あなたは…」

TEL「法学部の出身で、寺井君子さん、あなたの妹さんととても親しかった者です」

「そうですか、妹がお世話になって…」

TEL「寺井君子さんが生前におっしゃっていたことをあなたにお伝えしようと、あの日は成和館の憩の池に行ったのですが舞い上がってしまい、すっかり言い忘れてしまって…」

「まあ、生前に君子が…。それはどんなことでしょうか」

TEL「成和館の小演を応援してあげてください、と」

「成和館の、小演。あの黄川田さんとか、西山さんとか、広田さんとかシンバルさんの…」

TEL「そうです、そうです。今日も小演の部室で頑張っていると思いますよ」

「あのリサイタルは感激しました。でも小演って、つい最近出来たばかりの同好会なんでしょう?」

TEL「今日も部室で黄川田さん、黄川田夏美さんが頑張っていると思いますよ」
「今日も…、黄川田夏美さんが…」
TEL「ええ、黄川田夏美さんです。それからもう一つ、伝言したいことが」
「もう一つ…。お聞かせください」
TEL「お姉さん、あなた原中恵美子さんともう一度、『憩の池』の周りを歩きたかったたって」
「そんなことを妹が…。あなたはもしかしたら…。声がね、声が君子にそっくりなの」
TEL「お姉さんが大好きだったたって言っていましたよ、何度も何度も。大好きだったよ、って。それだけお伝えしたくて。それでは…」
「もしもし、もしもし、出来ることならまたいつか電話してくださいね、あなた、出来ることなら…」
TEL「……(ツーツーと不通音)」

＊＊

(守衛所には、突然電話が入ったたっていうことですか)

「そうです。突然で驚いたんだけどさ、原中恵美子さんて、ホラ、昔司法試験合格後に亡くなっちまったっていう、あの寺井君子弁護士の姉さんから電話が入って」

（でもそれと小演の黄川田夏美さんと、どういう関わりがあるんです？）

「小演同好会に誰か来ていますかって尋ねて来たから、黄川田夏美っていう二回生が部室を整理しに来ていますよって答えましたよ」

（どうして小演が気になったんでしょう）

「よくは解らないが、とにかく気になるので様子を見に行ってください、って言うんですよ。小演っていうのは、学生棟の四階に部室が出来たのは知っていたんですよ」

（ということはそれから四階に上がって…）

「そうそう。そこまで言われたらねえ。何かあったらマズいし。それにここから見えるからね、学生棟は」

（近いですよね、守衛所から学生棟って）

「そうそう。それで学生棟を見たら、あの一階玄関の前でね、清掃業者のヒトだと最初は思ったよね。こっちだこっちだって黒くて薄いチリ取りみたいなのを一生懸命に振って、こっちに気づかせようとしていてね。動きがヤケに大袈裟だったから、最初はあれさ、ドッキリかと思った位でね。…そうだよね、緊急の要件だったら守衛所まで急いで走って来るでしょうよ、普通ならば。五十メートル程しかないんだから」

（けれどもそのヒトはそうしなかったと…）

「もうね、こっちが気付いたのが解ったらすぐにスッと素早く消えるように、と言うのか、飛ぶようにして中に入っちゃったのさ、学生棟に。だから、守衛がもう一人いたから彼に窓口を任せて、私が学生棟に急行した訳さ。休みの朝だから、学生棟に来ている学生は誰なのか、原中さんからの電話の時にすでに調べて確認も出来ていたし、名前も入構者リストに書いてあったからね」

（黄川田夏美さんに間違いないだろうと…）

「それと、もしかしたらさっき言った掃除のヒトも学生かも知れんなって、勘ぐったりもしてさ。でもねえ、遠目だったけどね、学生って感じじゃなかったモンなあ、どう見ても。年配だよ年配。それでとにかく、学生棟四階の小演劇同好会の部室に自分は直行した訳」

（その掃除のオジサンかオバチャンか解らないけれども、学生棟の中で守衛さんが先導して貰ったとか…）

「いやいや。ヒトの気配は全く無し。とにかく一階には誰もいなかったのさ、それが。だからこっちで当りを付けた四階の小演劇同好会に一人でアガッて行ったのさ。そうしたらドアがそこだけ開いていていてね。他は秋休みの午前だもの、全部閉っていて人の気配が無かったし、ああやっぱりここだ、という感じで…。直行でしたよ」

（で、どんな様子だったんですか）

「眠るような感じでジッと椅子に座っていてさ、白いズボンで靴を脱いで、足を前に伸ばして椅子にのっけていたよね。ドキッとしたよ、それを見て。まるで動かんのだもの。それで階段脇にあるAEDを使わなけりゃあダメかなと。黄川田さんだったよね、あの学生が息しているか確かめたのさ、AEDを取りに戻る前に。…よぉく見ると息をしてたのさ、弱ぁく、フ～ってね。顔色はかなりアオくて心配だったけれどね。ああ生きているって。生きていてよかった、ってね。ホッとしましたよ」

（それですぐに救急車ですか）

「ううん、そうでなくってさ。ヘタに動かせないから、本館診療室に詰めていた看護師の遠藤さんに守衛室経由ですぐに知らせて、診て貰ってね。意識がはっきりしていなかったから、急ぎ救急車を呼ぶっていうことでさ。成和館病院に入院したらしいね」

（遠藤さんは何か他に言っていませんでしたか）

「貧血がヒキガネじゃあないかって言っていたよ。仮にそのまま放置の状態だったらどうなっていたんだろうってさ。とにかく無事でよかったですよ。看護師常駐が利いたね、結局。アタフタせずに済んだし。学生新聞に書くんだよね。症状は遠藤さんにもちゃんと確認してよね」

（解りました。それからその清掃の人にも取材したいんですけれど…）

「それがさあ、解んないんだよ、何処の誰だか。秋休み最終日の朝だろ、昨日は。あの時間帯まで業者は入っていないしね。記録を見てもいないのさ、該当者が。教職員だったらすぐに解るしね」

（どんな格好をしていたんですか、そのヒトは）

「若草色っていうのかな、薄い黄緑色っていうのかな、作業着上下と同色の帽子ね、作業帽。それにさっき言ったカバンみたいな黒いチリ取りを振っていたよねえ。細身のオバチャンだよ、多分。うちの普段の業者は薄茶の作業着だからね」

（そっちの方も心配ですよね。警察に言った方が…）

「うん。今上司や教務課が相談しているよ。だがアレは空き巣や強盗じゃないね。仮に不審侵入者だとして、どうして危険を冒して人助けまでしたのに消えちまうんだよ。アレは私ら守衛をわざわざ呼び止めているんだからね。人助けだから文句なしに表彰状モンだろ。私は納得が行かないねえ」

（それを僕に言われましても困っちゃうんで…。きっと黄川田夏美さんの様子から何かを感じ取って、何処からか助けに来てくれたのかも知れないですよねえ、そのヒトは）

「そんなねえ、何処からか解らないがヒトが降って湧いて来たって言うのかい。そんなことはまともな業務報告書には書けないからねえ。知っての通り成和館学園では平日の午後に民間の人も出入りするだろ。だから普段から何時でも特に出入りは厳重にチェックしているんだし。あんたの立場だって同じでしょう。学生新聞に、昨日学生棟に幽霊がチリ取りを持って掃除に来ていたなんて、喜劇やコントじゃないんだからね。そんないい加減なことは…。いい加減なことは…。書けないでしょうが。まあ書けるか、あんたなら」

（いえいえ。何も付け加えずに事実を書くだけですよ、僕たちも）

ちなみに故寺井君子弁護士の双子の実の姉、原中恵美子は、成和館学園大学学生新聞の取材に対して、埼玉県の自宅から成和館の守衛所に電話したのは、ただ単に虫の知らせがあったからです、とだけ語った…。

＊＊

華の東京、成和館学園。今日も変わることなく学生達を中心にした明るい風が、キャンパス内を縦横無尽に駆け巡っている。そんな風達の囁くような輪唱が周囲に伝わり続けているような気がする。辛かったら必ず、誰かが、助けるから…。だから、今出来ることを精一杯に頑張っちまってもいいんじゃね、と、そんなふうに、そんな風に…。

（おわり）

※この作品はフィクションです。実在の人物、地名、組織、団体、固有名詞などとは一切関係ございません。

# あとがき

物語の中では、感情や心持ちの変化した人物が話の主役だ、と言われることが往々にしてあります。怒りっぽかった人が急に柔和に変わったりとか、ひ弱な発言ばかりしていた人が最後には力強く周囲を助けたりとか。そういう変化が生じるには必ず何らかの原因とか変遷とかキッカケが存在する筈で、それを言葉で表現するからこそ物語が出来上がるのだと言えましょう。

今回の物語の主人公は誰なのかと問えば、大抵の人が黄川田夏美であると答えるような気がします。確かに、ひ弱だった幼少時代から年を経て大学に進み小演劇同好会の運営まで任されるようになった。そして自身の境遇から涙したことも多々あったのに、物語後半の場面では貧血で息絶え絶えの中を、自分自身へのそれまでのご褒美という意味なのでしょうか、笑顔まで差し向けていいます。堂々の主人公だね、という気もして来ます。

それでは、その黄川田夏美の仲間を見てみましょう。まずは夏美が図書館で最初に出会った先輩の広田利恵。男勝りで就職に有利と小演劇同好会を立ち上げる打算的な一面も持ち合わせる彼女、同期の友人に軽くひじ打ちを喰らわせたりして牽制もする彼女が、何時しか自分よりも先に相手の為にお茶を用意するようになっていた。夏美を庇う姿勢も印象的。何かどこか、いいねと感じる部分ではあります。

そして夏美の先輩の西山守。チャランポランで講義に出席だけはするけれど、ノートを借りたりしていつも周囲の助けを要していた。それが同好会旅行の最中に、道端の階段で見つけた大きなカエルの死骸を、素早く一目散に草むらに運んで弔ってやった。面目躍如でした。シンバル君はシンバル君で、ラグビー同好会の練習から逃げて得意の軽音楽やら勧誘を受けた演劇に一旦は眼を向けるけれども、結局、自分が心残りでかつ一番苦手にしていたラグビーに戻って、再挑戦しようと心を決めた…。

皆、心の向きが少しずつ変化しているではありませんか。これこそはまさに書き手の作為だと囁かれるかも知れませんが、結果こういう風に収まっている訳であって、誓って決して無理矢理の産物ではありません。だからこそ実に非常に作者にとっては皆、心地良い登場人物達なのであります。

物語を構成する場面場面。我々一人一人がそんな自分の人生の場面を作り上げて行くのでありますけれども、そんな中で変わらない人なんか一人もいないのではないでしょうか。だから我々一人一人は何時でもどんな時にも皆、人生の主役なのだと思います。皆、人生の輝く主役なのだと思います。主役はやっぱり後悔をすることの無いように一人一人が精一杯生き抜くべきでしょう。そうすれば、この登場人物達の大先輩で仲間の皆を助けるべくそっと傍らで見守っている寺井君子さんも、きっと喜んで拍手してくれることでしょう。

この物語を完成するにあたって協力してくださった、パレード社深田様河野様他皆様方、および読んでくださる皆々様に、心より深謝いたします。本当にありがとうございます。

そしてこの本の制作が具体化してから、ほぼ二カ月目位でした。二〇二〇年（令和二年）十二月二十三日、本編で引用させていただいております楽曲「復活」を作詞された、なかにし礼先生が逝去なさいました。謹んでお悔やみ申し上げますとともに、偶然とはいえ本作に先生の作品を引用出来て誇りに感じております。足元にも及びませんが、私も少しでも読書好きの皆々様に心のオアシスを提供していきたいと思います。先生、本当にありがとうございます。

二〇二一年（令和三年）夏

倉田周平

■著者略歴

# 倉田周平（くらた・しゅうへい）

本名・渡邉和彦
一九五五年三月、広島県福山市生まれの東京育ち。
早大理工学部応用化学科卒業。
総通東京デザインスクールコピーライティング専科卒業。
日本脚本家連盟育成会、日本中央文学会会友及び、
放送大学教養学部科目履修生等を経て文筆活動。
近代文芸社刊書籍出版、パレード星雲社刊書籍出版及び、
電子書籍出版あり。
一九九七年NHK札幌シナリオ募集奨励賞。
一九九八年コスモス文学会奨励賞。
一九九九年NHK広島シナリオ佳作受賞。

# 写真の秘密　～夢の中のあの人～

2021年10月14日　第1刷発行
2024年10月11日　第2刷発行

著　者　倉田周平《くらたしゅうへい》

発行者　太田宏司郎
発行所　株式会社パレード
　大阪本社　〒530-0021　大阪府大阪市北区浮田1-1-8
　　　　　　TEL 06-6485-0766　FAX 06-6485-0767
　東京支社　〒151-0051　東京都渋谷区千駄ヶ谷2-10-7
　　　　　　TEL 03-5413-3285　FAX 03-5413-3286
　https://books.parade.co.jp
発売元　株式会社星雲社（共同出版社・流通責任出版社）
　　　　　　〒112-0005　東京都文京区水道1-3-30
　　　　　　TEL 03-3868-3275　FAX 03-3868-6588
装　幀　河野あきみ（PARADE Inc.）
印刷所　創栄図書印刷株式会社

『復活』P139
『小さなスナック』P149
日本音楽著作権協会（出）許諾第2102431-402号


ISBN 978-4-434-28885-2　C0093